「か、和人さん、手を……」
震える放してという言葉は、
二階堂の唇の奥にかき消された。
なぜか性急に顎を取られて
上向きになったと同時に唇を塞がれ、
舌を吸われて甘噛みされる。

# 初恋の人のお嫁さんになりました。

chi-co

21977

角川ルビー文庫

# 目次

初恋の人のお嫁さんになりました。 五
あとがき 三三

口絵・本文イラスト／陵クミコ

## プロローグ

大好きな人がいた。

一人っ子だったから、お兄ちゃんでも、弟でもいい、兄弟が欲しいと思っていた自分にとって、唐突《とうとつ》に現れた少し歳《とし》の離《はな》れたその人は、神様がくれたとっておきのプレゼントだと思った。

最初に会った時、その人は大柄《おおがら》なおじさんと一緒《いっしょ》だった。厳《いか》つい顔をしたおじさんは悠里《ゆうり》の頭を首が取れそうと思うほど豪快《ごうかい》に撫《な》でた後、隣《となり》に立つ細身の彼の髪《かみ》をクシャクシャにした。

「仲良くしてやってほしい」

寂《さび》しがり屋のくせに人見知りが激しかった悠里は、おじさんの大きな声に怯《おび》えてしまい、父の背中に隠《かく》れてしまった。でも、細身の彼が気になって少しだけ顔を覗《のぞ》かせた。

その人は、とても綺麗《きれい》な顔をしていた。女の人みたいだけど、纏《まと》っている空気がとてもひんやりとしていて、少しも甘さがないせいか男の人だと間違《まちが》いなくわかる。

短く切りそろえられた髪はとても艶《つや》やかで、癖《くせ》っ毛で柔《やわ》らかく、薄《うす》い色の自分とは全然違うと漠然《ばくぜん》と思った。

「和人《かずひと》」

おじさんがその人の名前を呼ぶと、小さな溜《た》め息を漏《も》らした彼がほんの少し身を屈《かが》めて悠里を見る。

「よろしく、悠里君」

綺麗に笑いかけられたのに、その笑《え》みがなぜだか怖《こわ》くて、悠里はもう一度父の背中に隠れてしまった。

綺麗なお兄さんができて嬉《うれ》しかったくせに、初対面で見た冷たい笑顔が怖くて、なかなか仲良くできなかった。彼の方は顔を合わせるたびに声を掛《か》けてくれたけど、悠里は一方的に逃《に》げ回っていた。

今思うと、当時、高校生だった彼にとって、まだ小学校に上がる前の自分はとんでもなく子供だったはずだろうに、呆《あき》れもせず、根気よく付き合ってくれた。

その後、打ち解けてからは近所の公園にも一緒に行ったし、プールや海にも一緒に行った。お風呂《ふろ》も一緒に入ったし、夏のお祭りも、冬のイルミネーションも一緒に見に行った。あまりに彼にベッタリだったせいか、父が「悠君は和君とばっかり遊んで、お父さん寂しいじゃないか」と言ってイジケて、それを見て二人で笑って。

「だって、僕、和君好きだもん」

何の迷いもなく言えば、

「俺も、悠里が好きだよ」

彼は欲しい答えを返してくれた。

そのころは、その《好き》の意味は両親に対するものと同じ、ただただ純粋《じゅんすい》な好意でしかなかった。

大人になれば、その想《おも》いはそのまま綺麗に、でもいずれ小さくなって胸の隅《すみ》にいくはずのものだった。

子供だった悠里はその時間が永遠に続くと思っていたが、本当の家族ではない自分たちには逃《のが》れられない別れが待っていた。

そして、現在《いま》――。

「え……アメリカに？」

「ああ」

目の前の父は、嬉しさと困惑《こんわく》で半々の顔をしている。悠里はその隣にいる母を見た。

「本当？」

「ええ。突然決まったことなのよ。二月末に来てほしいって言われたけど、悠里の卒業式があるでしょう？　それまでは動けませんってお願いしたの」

「卒業式……」

（それでも、もう一ヵ月くらいしかないよ……）

高校三年生の朝比奈《あさひな》悠里は、一週間前に大学の合格が確定したばかりだ。一応第一志望の学校だったのですごく嬉しかったし、両親もすごく喜んでくれた。その時はアメリカ行きの話なんてしていなかったから、母が言った通り本当に急に決まったことなのだろう。

企業《きぎょう》内研究員として、ずっと地道に頑張《がんば》っていた父の功績が認められるのは嬉しい。アメリカに行けば研究費もずっと増えるだろうし、優秀《ゆうしゅう》な研究員との意見交換《こうかん》も楽しみなはずだ。本当はもっと嬉しそうな顔をしたいだろうに、父はやっぱり複雑そうな顔をしている。

「……父さんたちがいなくても大丈夫《だいじょうぶ》かい？　悠君」

「……」

ここは、「うん」と言い切ってあげる場面だろうが、悠里は一瞬《いっしゅん》口籠《くちご》もってしまった。

父の抜擢《ばってき》は嬉しい。

自分の大学生活も楽しみだ。

——しかし、この二つを両立させるには、自分の一人暮らしが絶対条件になる。

（父さんが単身赴任《ふにん》とか……絶対無理だもん）

ずば抜《ぬ》けて頭が良いし、底抜けにお人好《ひとよ》しな父は、どうしようもないほどの生活破綻《はたん》者なのだ。

母と結婚《けっこん》するまで実家暮らし、結婚してからは仕事以外のすべては母が差配していて、父が家でしたのは幼い悠里の遊び相手くらいだ。

小学生の悠里ができる掃除《そうじ》や洗濯《せんたく》の手伝いも、父がすればなぜか洗濯機からは泡《あわ》が溢《あふ》れ、掃除機はゴミが詰《つ》まって壊《こわ》れた。故意ではないから怒《おこ》ることもできないと母は言って、父に家事はさせないことを決めてしまったが、悠里もそれは正しい判断だったと思う。

そんな父だから、一人でアメリカ生活なんてできるはずがなく、母が同行するのは決定だ。そうなると悠里は必然的に一人暮らしをすることになるが、それもまた自信がなかった。

父みたいな生活破綻者ではないと思うし、家事は母の手伝いをしてきたので一通りはできる。でも、一人っ子で甘えたなうえ、引っ込み思案で人見知りが激しい自分が、ちゃんと生活できるかどうか。

探せば寮《りょう》はあるかもしれないが、見知らぬ相手との集団生活はとても無理だし、実家は小さくとも一軒家《いっけんや》で、町内の付き合いもあるだろう。近所の人との挨拶《あいさつ》でさえ緊張《きんちょう》することが多いのに、さらなる関《かか》わりは難しい。

しかし、ここでできないと言ってしまったらどうなるのか。悠里はこの場で一番頼《たよ》りになる母を見る。

「困ったわねぇ」

悠里の性格を充分《じゅうぶん》わかっている母も、どうしたものかと困っている。

「せっかく合格したんだし、休学するのも……」

「嫌《いや》だよ」

浪人《ろうにん》したわけじゃないのに、周りが年下の同級生になるなんて考えるだけでも嫌だ。休学は絶対に却下《きゃっか》だ。

「でも、ここで一人で暮らせる？」

「……」

悠里は口を尖《とが》らせる。言外に無理だろうと言われているのも同然だが、それでも、うんと言えない。

「……里香《りか》さん、やっぱり私が一人で」

「却下」

父の発言を途中《とちゅう》で遮《さえぎ》り、母は何かを考えるように空を見上げた。

「とにかく、早急に何か手を打たないとね」

「……何かあるの？」

「これから考えるわ」

いつもは頼りになる母も、突然迎《むか》える生活環境《かんきょう》の変化についていけないようだ。

悠里は目の前の両親を見つめる。大学生になるのだ、一人でも大丈夫……そう言ってあげたいのは山々だが。

(寂《さび》しくて、追いかけていきそう……)

どんなに考えても選択肢《せんたくし》は二つ。

悠里が大学を休学して一緒《いっしょ》にアメリカに行くか、残って一人暮らしをするか。

休学は絶対に嫌なのに……悠里はそう思いつつ、ままならない自分の感情に深い溜め息をついた。

# 第一章

大学が決まった悠里は、卒業式まであまり学校に行くことはない。もちろん、大学に行く準備はしなければならないが、それ以前に両親の渡米《とべい》後の自分の生活の心配をしなければならなかった。

両親が安心なのは寮に入ることだろうが、どんなに考えても見知らぬ人との共同生活は自信がない。持ち家があるのでアパートに一人暮らしなんて問題外で、そうなるとやはり頑張ってこの家で生活するしかないのか。

近所付き合いは最低限にして……いや、むしろこの機会に人見知りを直すべきか。

大げさではなく、悠里は大学受験の時よりも頭をフル回転して悩《なや》み続けた。

「悠君、一発逆転ホームランだよ！」

そんなある日。帰宅した父が弾《はず》む声で言いながら、出迎えた悠里をいきなり抱《だ》き上げた。

いくら小柄《こがら》とはいえ、悠里も男子高校生だ。元々そんなに体格に差がない父はすぐさま体勢を崩《くず》し、二人して廊下《ろうか》に倒《たお》れ込む。

「どうしたの？」

小さくないその物音に玄関《げんかん》に現れた母は呆《あき》れたようにこちらを見るが、この件に関して悠里は無実だ。いったい父が何にそんなに興奮しているのかわからなくて、悠里は困惑したまま父を見る。

「一発逆転ホームランって、何？」

「同居人が決まった！」

「「同居人？」」

悠里の声に母の声が重なる。その怪訝《けげん》そうな響《ひび》きに、母は何も知らないんだと悟《さと》った。すると、これは父の暴走なのかもしれない。

「どういうことなの？　匡悠《ただはる》さん」

悠里から母にターゲットを変えた父が身を乗り出した。

「聞いてよ、里香さん！　和人君が引き受けてくれてね！」

「和人君って……あの和人君？」

「そう！　あの和人君！　悠君もすごく懐《なつ》いていたし、彼が一緒に暮らしてくれるんなら何の心配もないよ、ねっ？」

興奮している父を見ながら、悠里は今父が言った《和人君》のことを考えた。

（和人君って……）

自分が懐いていた《和人君》は一人しかいない。小学校に上がる前に家にきて、一緒に暮らした人。

元々、父と彼の父親が高校、大学と同級生で友人関係だったらしく、その縁《えん》でうちにやってきた。

一緒に暮らしたのは彼が高校生だった三年間。でも、悠里にとっては心の中のとても大きな割合を占《し》めていた人だ。いや、今でも折に触《ふ》れ、思い出すことも多いくらいで、彼がくれたクレーンゲームで取った小さなぬいぐるみや、可愛《かわい》らしい筆記用具は全部取ってある。

今でも鮮明《せんめい》に面影《おもかげ》を覚えている、綺麗《きれい》で、大好きな、兄のような人。

高校を卒業してからしばらくは電話で話すこともあったが、大学、社会人となるにつれて忙《いそが》しいのか、時折手紙をもらうくらいの付き合いになった。それでも、誕生日や学校の入学、卒業に合わせて贈《おく》り物は届けられている。いつも優《やさ》しい手紙付きで。

連絡先を知らない悠里は、父経由で礼を伝えるしか方法がなかった。

きっと、時間が経《た》つほどに少しずつ疎遠《そえん》になっていくんだろうなと漠然《ばくぜん》と想像し、寂しくてたまらない気持ちもあったが、しかたがないと諦《あきら》める気持ちの方が大きかった。そうやって、自分なりに自分の気持ちを納得《なっとく》させていたのに。

「父さん……本当に、和君が一緒にいてくれるの？」

「ああ。本人とも今日電話で話して快諾《かいだく》してくれた。悠君と会うのを楽しみにしていると言ってたよ」

「……っ」

それがたとえ社交辞令だったとしても、悠里にとってはこの上もなく嬉《うれ》しい言葉だ。

「和人君が同居してくれるんなら安心だけど……大丈夫《だいじょうぶ》なの？　彼は確か……」

嬉しさで内心舞《ま》い上がっている悠里とは対照的に、母はどこか懐疑《かいぎ》的だ。そんな母に、父はなぜか自慢《じまん》げに胸を張った。

「大丈夫。私が大事な息子《むすこ》にとって不利なことをするわけがないよ」

そう言って、今度は悠里を抱きしめてくれる。

「父さんの夢のために、悠君の環境を大きく変えてしまうけど……頑張《がんば》れるかい？」

「父さん……」

正直に言えば、自信がない。大好きな《和君》との同居は嬉しいが、だからと言って両親の不在が平気だと安易に口にはできなかった。だが、研究が大好きな父に舞い込んだ今回の話は、客観的に見てもとてもいい話だということも納得できる。

だから、悠里は頷《うなず》いた。残る自分のことは心配ないと、優しい父に見せるために。

「大丈夫。僕も大学生になるんだし、ちゃんとできるよ」

「……そうか」

父が嬉しそうに笑う。その顔を見れば、今の答えが正解だったのだと思えた。

三日前、無事に高校の卒業式が終わった。

人見知りが強い悠里にもそれなりに友人はいたので、卒業と共に別れてしまうことに寂しい思いがこみ上げて泣いてしまった。

卒業式に出てくれた両親も泣いていたが、父は号泣《ごうきゅう》だったといってもいい。目を真っ赤に泣きはらして卒業を祝ってくれる姿に、悠里もさらに涙《なみだ》を誘《さそ》われたくらいだった。

両親の出発は一週間後だ。そして、今日は同居人兼《けん》、保護者となってくれる《和君》がやってくる日だった。

悠里は朝から落ち着かず、何回も鏡を見て髪《かみ》や服装をチェックする。子供のころから変わらないとよく言われる童顔はどうしようもないが、少しは成長したと思ってほしい。

（……どんなふうになってるんだろう……）

最後に《和君》に会ったのは、彼が高校を卒業して……大学に入学した年。

懐いていた悠里をとても可愛がってくれていた彼の訪《おとず》れは悠里の楽しみになっていたが、それも彼の海外留学で途切《とぎ》れてしまった。

『和君はとても大きなものを背負っているんだ。もうここには来られないかもしれないけど、我慢《がまん》できるね？』

父の言葉は、まだ幼い悠里には理解できなかった。それでも、もう会うことはできないかもしれないということだけはわかって、それからしばらくはグズグズと泣いてしまったものだ。

だが、会えないということと、忘れられてしまうということは一緒ではなかった。

折々に贈られてくるプレゼントには必ずメッセージがついていて、それは悠里の成長を喜ぶものばかりだった。

会えなくても、覚えてくれている。そのことが、とても嬉しかった。それでも、会えない寂《さび》しさは心の片隅《かたすみ》にずっとあったが、今日、その彼と再会できる。それればかりか、また一緒に暮らせるなんて、当日になった今日でもまだ信じられなかった。

その時、インターホンが鳴った。

「来たみたいだね」

玄関先《げんかんさき》に行った父が鍵《かぎ》を開ける音が聞こえる。

「和君！　久しぶりだね」

「お久しぶりです」

「！」

悠里は無意識にソファから立ち上がった。

父の嬉しそうな声に対するのは、記憶《きおく》の中のものよりも落ち着いた、低くて甘い声。

「悠君も持ってるよ」

声はだんだん近づいてくる。

（ど、どうしようっ）

何と挨拶《あいさつ》をしたらいいのか、今この時点でも迷って焦《あせ》っている。落ち着くためにキッチンでお茶の用意をしている母のもとに行こうとしたが、

「悠君、和君だよっ」

その前に、父がリビングにやってきた。

反射的に振《ふ》り向いた悠里の目に、父の後ろに立っている背の高い男の人の姿が映る。

（和君だ……）

白のシャツにブルーグリーンのジャケット、そしてベージュの綿のパンツを穿《は》いた休日仕様の彼は、悠里と目が合うと柔《やわ》らかく目を細めてくれた。

最後に見た時より、少し髪は長くなっているだろうか。高校生のころは髪も短かったし、私服はジーンズ姿が多かったので、大人っぽい雰囲気《ふんいき》に落ち着かなくて視線が彷徨《さまよ》ってしまう。

（で、でも、やっぱり綺麗……）

大人の男の人に対してそんなふうに思うのは失礼かもしれないが、彼の端整《たんせい》な美貌《びぼう》は昔よりもさらに磨《みが》きがかかり、そこに大人の余裕《よゆう》のようなものも滲《にじ》み出て、何だか普通《ふつう》の人とは思えなかった。

長かったらきっと似合うだろうと思っていた髪は、やっぱり彼によく合っている。

細身だった体形はそんなに変わらないように見えるが、鍛《きた》えているのかちゃんと肩幅《かたはば》もあるみたいだ。

「悠里」

「こ、こんにちは」

数日前から第一声を何にするか悩《なや》んでいたのに、結局当たり障《さわ》りのない挨拶が口をついて出てしまった。

「久しぶりだね。……大きくなった」

「も、もう、大学生になるから」

「あの小さな男の子がもう大学生か……こうして見ても信じられないけど」

懐かしそうに言われても、どう返していいのか迷う。

最後に会ったのは十年ほど前。いくらなんでも小学二年生だった自分と、十八歳の自分では当たり前だが雰囲気も容姿も違《ちが》うはずだ。だが、今の彼の言い様ならば、自分はそのころと変わらず……まるで成長していないと言われたような気がした。

「あ、あの」

ゆっくり近づいてきた彼が目の前で立ち止まる。一八〇センチは優に超《こ》える身長の彼から見下ろされていると、昔の自分たちの距離《きょり》を思い出した。あの時から高身長だった彼を、今よりもずっと身長の低い自分はいつも首が痛くなるほど見上げていた。そんな時、彼はいつも笑って抱《だ》き上げてくれた。

『悠里は可愛《かわい》いな』

今は、あの時よりも彼の顔はずっと近い。でも、その分ドキドキと胸が煩《うるさ》いくらい高鳴ってしまう。

じわじわと熱くなる頬《ほお》をどうごまかそうか考えていた悠里に、彼は懐《なつ》かしいものを見るように目を細めた。

「相変わらず、タンポポの綿毛みたいな髪だな」

『悠里の髪はフワフワで柔らかくて、まるでタンポポの綿毛みたいだな』

ふと、昔彼に言われた言葉が脳裏《のうり》に蘇《よみがえ》る。いつもクルクル跳《は》ねる癖《くせ》っ毛が嫌《いや》で、あまり鏡も見なかった悠里。でも、楽し気な彼の言葉はすんなりと耳に届いた記憶がある。

そんなことを思い出し、緊張《きんちょう》し過ぎて言葉が出てこない悠里を見て、また彼が笑った。

「可愛いな、悠里は」

「……っ」

耳に慣れたフレーズに、ドクンと一際《ひときわ》大きく心臓が鼓動《こどう》する。

「これから二人暮らしだ、よろしくな」

「……は、はい」

彼の口から出た《二人暮らし》という言葉にますます動揺した悠里は、コクコクと頷くことしかできなかった。


それから、両親が旅立つまでの一週間、彼――二階堂《にかいどう》和人を含《ふく》めた四人で暮らした。

社会人の二階堂は当然ながら朝会社に出かけ、夜八時過ぎに帰ってくる。初めて見るスーツ姿の彼は、すごく格好良かった。綺麗《きれい》だが、ちゃんと男の人に見えて、絶対に今でもファンが多いだろうなと思えた。これはけして悠里の欲目なんかじゃないはずだ。

「おはよう、悠里」

「お、おはよう、ございます」

その二階堂と、毎朝こうして挨拶をするなんて夢みたいだ。

毎日、緊張と嬉《うれ》しさで時間はあっという間に過ぎてしまい、今日が両親の出発日だということを一瞬《いっしゅん》忘れてしまっていたくらいだ。

「今日、俺も一緒《いっしょ》に行けたらよかったんだけど」

「……あ」

その言葉で、悠里は慌《あわ》ててダイニングに座る父へ視線を向ける。目が合った父は悠里の動揺《どうよう》に笑いながら肩を竦《すく》めている。

「和君は仕事があるからね。それよりも」

父は居住まいをただし、二階堂に向かって頭を下げた。

「悠里のこと、よろしくお願いします。もちろん、うちの子は君の仕事や私生活に悪影響《あくえいきょう》を及《およ》ぼすようなことはないと思うけど、もしも悪いことをしたり、迷惑《めいわく》を掛《か》けたりしたら叱《しか》ってくれて構わない」

「と、父さん」

「この一週間見てきて、二人の相性《あいしょう》は悪くないと思ったけど、和君、無理はしなくていいからね？　同居解消したくなったら、いつでも連絡《れんらく》をしてほしい。悠君もそれでいいね？」

父の言葉に悠里は頷《うなず》いた。それは、二階堂との同居が決まった時に、悠里自身父から言われていた。

悠里と二階堂の相性は、十年前の同居時は確かに良かった。だが、それからそれぞれの時間を過ごし、性格や好みなども変化している可能性がある。再会した当初は良くても、暮らしていくにつれ、同居が苦痛になる可能性もなくはないと。

その時は、二階堂との同居は解消。悠里は寮《りょう》に入ること。

もちろん、すぐには寮の空きはないだろうし、その時は親戚《しんせき》を保護者としてこの家で暮らし、寮が空き次第《しだい》入ることを約束した。

見知らぬ相手との共同生活に不安は残るが、それでも二階堂に無理をさせたくはない。そう考えて微《かす》かに頷いた悠里の頭を、父は優《やさ》しく撫《な》でてくれた。

こちら側が決めたことを二階堂に告げると、彼は悠里と父を交互《こうご》に見つめた後、僅《わず》かに目を細めた。それはいつもの優しい笑《え》みとは少しだけ違う冷ややかな温度を覗《のぞ》かせて、悠里は無意識に一歩後退《あとずさ》ってしまう。

すると、一瞬でその空気は霧散《むさん》し、いつもの温かな笑みに変わる。まるでさっき感じた冷ややかさは気のせいだったのかと思うほどだ。

「心配無用ですよ、おじさん。俺は本当に悠里との同居を楽しみにしているんですから。悠里も、そう思ってくれていると嬉しいけど」

もちろん、思ってる。

悠里が忙《せわ》しなく頷くと、二階堂だけでなく父にまで苦笑《くしょう》された。

「甘えっ子だけど、よろしく頼《たの》むよ」

「はい。安心してください」

二階堂はそのまま会社に行き、悠里は両親と共に成田空港に向かう。

「和君と一緒なら安心だよ」

「うん」

「でも、ちゃんと自分のことは自分でするのよ？　和君は働いているんだから」

タクシーの中でも母は細々とした生活上の注意をしてきて、父はもう心配事はないと暢気《のんき》に笑っている。

「もう、何度も言わなくても大丈夫《だいじょうぶ》だって」

掃除《そうじ》、洗濯《せんたく》、料理。頼《たよ》りない父とは反対に、悠里は母に一通り叩《たた》き込まれた。もちろん、とても完璧《かんぺき》とは言えないが、それでも一人暮らしの大学生としてはまあまあのレベルのはずだ。

（あ……違う、自分のことだけじゃなくて、和君の世話もしないと……っ）

働いている二階堂に家事をさせるつもりはない。それどころか、一緒に暮らしてくれる二階堂の居心地《いごこち》が好《よ》いように、もっと一生懸命頑張《いっしょうけんめいがんば》らないと。

ふんっと小さくこぶしを握《にぎ》って誓《ちか》っていると、反対側から軽く膝《ひざ》を叩かれる。

「そんなに力まなくてもいいよ。同居生活なんだから、一緒に頑張るようにね」

「……うん」

変なところで暴走しそうな悠里を、こんな時は親らしくなる父が冷静に諭《さと》してくれた。

空港に着き、ロビーを歩いていると、だんだん両親がいなくなってしまうんだという実感が湧《わ》いてくる。

「……」

「泣くんじゃないよ。長期の休みには帰ってくるから」

（……嘘《うそ》ばっかり）

研究馬鹿《ばか》の父は、いつだって仕事が一番だ。もちろん、自分が愛されていることはわかっているが、それとこれとは別だと達観もしていた。

父の出向は三年の予定だ。最悪三年間は会えないと思うと……悠里は父の腕《うで》にしがみ付く。

「……悠君は本当に甘えっ子だね」

明日から、いや、今日からもう、絶対的な味方の両親とはしばらくお別れだ。

二階堂と暮らせる嬉しさはあっても、両親と離れてしまう寂しさが完全に消えるわけがない。

悠里はもう片方の手で母の手を握る。

「……ちゃんと、頑張るから」

「信用しているわよ」

「充実《じゅうじつ》した大学生活を送りなさい」

悠里は両腕をそれぞれポンポンと叩かれながら、何度も何度も頷いた。

空港から帰ると、もう夕方になっていた。思ったより長く、ぼんやりと空港のロビーで過ごしていたらしい。

（やばっ、夕飯の買い物しないとっ）

今夜遅《おそ》くなるという連絡はないので、二階堂は帰宅して夕飯を食べるはずだ。そう、この機会にと二階堂の連絡先をゲットした悠里は、携帯電話《けいたいでんわ》を見るだけで思わず笑ってしまいそうになる。

【帰り、少し遅くなるから】

【何かいるものがあれば買って帰るよ】

この一週間、二階堂から何気ないメールが届くたび、悠里は何度も読み返しては頬《ほお》を緩《ゆる》めていた。まるで新婚《しんこん》さんみたいだと思った自分に慌てたり、男同士なんだからそんな仮定はありえないと落ち込んだり。

感情の上下が激しくて連絡先など知らない方が良かったかもと思ったが、それでも今まで一方的に受け取るだけだった交流を思えば、自分からも返事ができるようになったのは素直《すなお》に嬉しく感じる。

食事の用意も無理をしないように言われているが、二人での同居生活一日目としては、ちゃんとできるところを見せたい気持ちが強かった。

「何にしようかなぁ」

料理ができるとはいえ、レパートリーはかなり少ない。一応短期集中で母に教えてもらったものの、それが二階堂の好みなのかどうかはまだわからなかった。

とりあえず、男ならば好みそうな肉料理で攻《せ》めてみようか。でも、ただ焼くだけの焼肉では味気ない。

「……ハンバーグにしよう」

確か昔、母が作ったハンバーグを高校生の二階堂はおかわりをしてまで食べていた気がする。見た目上品で、嫋《たお》やかな彼はフランス料理などがよく似合いそうだが、本当はガッツリとした家ご飯を好んでいた。食べる量だけで言えば、あのころは父の二倍……いや、それ以上食べていたのではないか。

母も旺盛《おうせい》な食欲で残さずたくさん食べる二階堂を可愛《かわい》がっていた。母と同じ味で再現できるか自信はないが、焼き方さえ気をつければそれなりのものができるはずだ。

メニューが決まった悠里は帰り道にあったスーパーで買い物を済ませて家に帰った。

その時点で午後五時過ぎ。今から超特急《ちょう》で支度《したく》を始めなければ間に合わせる自信がない。記憶《きおく》にはハンバーグの作り方はちゃんとあったが、念のためネットで検索《けんさく》してそれを見ながら調理を始める。

玉ネギやニンジンのみじん切りは指を切らないように慎重《しんちょう》に。塩と胡椒《こしょう》の《少々》という分量に頭を悩《なや》ませながら、どうにかハンバーグの種はできた。

どうせならできたてを食べてほしいので焼くのは後回しにし、その間に洗濯物を入れて畳《たた》み、風呂《ふろ》掃除をする。一つ一つは慣れたものだが、一人で同時進行するとなると動線がグチャグチャで、改めて母のありがたさが身に沁《し》みた。

「……」

母のことを思い出すと、しんと静まり返った家の中に自分一人だということが凄《すご》く寂《さび》しくなる。いつだって家に帰れば口うるさいが明るい母が出迎《でむか》えてくれていたのに、なんだか肌寒《はだざむ》いと感じるのは気のせいだろうか。

無意識に溜《た》め息が零《こぼ》れた時、テーブルに置いていた携帯電話からメールの着信音が響《ひび》いた。慌《あわ》てて立ち上がってメールを開くと、そこには二階堂からのメッセージがある。

【今日は少し早く帰るから】

(和君……)

両親が旅立って、一人きりになった悠里のことを考えてくれたのだと思うと、その優《やさ》しさに涙《なみだ》が零れそうになる。

「……っ、早く支度しないとっ」

食事はハンバーグだけではない。付け合わせのポテトサラダや味噌汁《みそしる》の支度もし、時間を合わせてハンバーグを焼き始めた。肉の焼ける音と香《こう》ばしい匂《にお》いに、心の中にあった寂しさはスッと薄《うす》れていく。

「美味《おい》しくできると良いんだけど……」

焦《こ》げるのだけは気をつけて……そう思いながら真剣《しんけん》にフライパンを見つめていると、インターホンが鳴り響いた。

早く帰ると連絡《れんらく》があったとはいえ、まだ午後七時を過ぎたころだ。

もしかして宅配便か何かかと玄関《げんかん》に急げば、ちょうど鍵《かぎ》が開く音がし、ドアが開くところだった。

朝見たスーツ姿の二階堂が、悠里の顔を見てにっこりと笑《え》む。

「ただいま」

「!」

……何だか、すごい衝撃《しょうげき》だ。当たり前の帰宅の挨拶《あいさつ》なのに、二人だけだと思うと何だか特別な響きになる。もちろん、そう思うのは自分だけだとわかっていて、悠里は動揺《どうよう》して赤くなる頬を俯《うつむ》くことで隠《かく》しながら早口に言った。

「お、お帰りなさい。ご飯、もうすぐできるから」

「今日は何?」

「ハ、ハンバーグだけど……あっ」

答えてすぐ、悠里は慌ててキッチンに引き返す。火を止めることを忘れていたからだ。

「あぁっ」

ちょうどよく焼き上げるはずだったハンバーグ。だが、フライパンからは少し焦げ臭《くさ》い臭《にお》いが立ち上ってくる。すぐに火を消してフライパンを持ち上げたが、さっきまで見えていた肉《にく》汁《じゅう》は焼き付いてしまっているようだ。

フライ返しで恐《おそ》る恐るハンバーグをひっくり返すと、真っ黒焦げではないものの、かなり硬《かた》そうなパサパサした見た目になっていて、悠里は漏《も》れそうになる溜め息を飲み込んだ。

（……不味《まず》そう……）

母ほどの料理の腕はないが、ハンバーグくらいは普《ふ》通《つう》に作れると思っていた。それが、ちょっと目を離《はな》したくらいでこの有様だ。せっかく早く帰ってきてくれた二階堂にこれを食べさせるのかと思うと気が重いが、だからと言って今から別のものを作る余《よ》裕《ゆう》はまったくない。

「悠里？」

いつの間にかキッチンにやってきた二階堂に、悠里はごめんなさいと小さな声で謝った。

「……失敗して……」

「え？　美味しそうじゃないか」

「……不味そうだよ」

「悠里が作ってくれたものが不味いはずないだろう。ほら、俺も手伝うから」

落ち込む悠里を宥《なだ》めるように頭を撫《な》でてくれた二階堂は、そのままリビングのソファにスーツの上着を脱《ぬ》ぎ捨て、ネクタイを少し緩めた後にワイシャツの袖《そで》を捲《まく》り上げる。そうして、さっさと手伝うという姿勢を見せる。

その素早《すばや》さに呆気《あっけ》にとられた悠里は、再度宥めるように背中を軽く叩《たた》かれてハッと我に返った。

二人ですると、支度もあっという間に終わってしまう。

味噌汁が温まる前に部屋に着替《きが》えに戻《もど》った二階堂が席につき、悠里は熱い茶を注ぎ終えて自分も向かいの椅子《いす》に座った。

「じゃあ、いただきます」

「……いただきます」

箸《はし》を持ったものの、悠里はじっと目の前の二階堂を見つめる。ハンバーグを口にした彼は、味わうようにしばらく黙《だま》った後、顔を上げて悠里に笑みかけてくれた。

「美味《うま》い」

「……本当？」

「悠里の愛情を感じる」

悪戯《いたずら》っぽく言う二階堂に、悠里は慌てて自分もハンバーグを食べた。少しだけパサついた食感がしたが、すごく不味いとまではいかないかもしれない。

（愛情がこもってるから……）

まるで、悠里の中のほのかな想《おも》いに気づかれたかと思うような感想だが、あの口調はそこまで真剣なものではなかった。きっと、料理を失敗したと落ち込む悠里を慰《なぐさ》めるために、二階堂なりに場を和《なご》ませるための言葉だったのだろう。

「人が作ってくれた食事は美味いな」

旺盛な食欲を見せる二階堂は、そう言いながらどんどんハンバーグもご飯もたいらげていく。

その言葉が気になった悠里は、おずおずと切り出した。

「和く……和人さんなら、作ってくれる人、いるんじゃない？」

ちゃんと、冗談《じょうだん》っぽく聞こえただろうか。

十歳も年上の二階堂。恵《めぐ》まれた容姿もあり、きっと恋人《こいびと》がいるはずだ。

(昔は、うちまで押しかけてきたりしてたし)

彼が高校生の時、追っかけというか、ファンクラブのような女の子たちが家まで押しかけてくることが多々あった。

学校から帰ってきた悠里にいろんな質問をぶつけてきて、その勢いに怯《ひる》んだ悠里が泣きそうな時に帰宅してきた二階堂が、女の子たちに対してきっぱり怒《おこ》ってくれたのも一度や二度ではない。

実際に付き合っていた人がいたのかどうか、子供だった悠里にはわからないが、あの頃は休みの日は悠里に付き合ってくれたことが多く、特別な誰《だれ》かがいたという雰囲気《ふんいき》ではなかったと思う。

だが、今の二階堂は二十九歳の大人の男の人で、あのころよりももっと綺麗《きれい》で、そのうえ格好良くなっているし、大人の余裕みたいなものも感じられる。恋人がいるのも当然だと思う反面、それを素直《すなお》に喜べない自分もいた。

「いないよ」

「……え？」

「付き合っている相手はいない」

あまりにもあっさりと言われ、悠里は呆気にとられた。一瞬《いっしゅん》、子供相手にごまかしているのかと思いもしたが、二階堂が悠里に隠す理由もない。

「……そっか」

(恋人、いないんだ)

胸の中がポワンと温かくなった。二階堂に特別な相手がいないことを喜ぶ自分の単純さに呆《あき》れるが、それでも嬉《うれ》しいものは嬉しいのだ。

「一人暮らしだったよね？　外食が多いの？」

「そうだな。会社帰りに食べて帰ることが多いな」

「……仕事、忙《いそが》しいんだ」

だったら、わざわざうちに帰って食事をするのは面倒《めんどう》じゃないだろうか。悠里の両親に頼《たの》まれ、保護者のような立場になっているとはいえ、二階堂の行動範囲《はんい》が狭《せば》められるのは申し訳ない。一人で食べる食事は味気ないが、それでも嫌《いや》だというほど子供でもないつもりだ。

悠里は自分の中の寂《さび》しさを押し殺して言った。

「和人さん、忙しい時は無理しなくていいから。会社の人との付き合いもあるだろうし……僕、一人だって……」

「無理はしないよ。残業の時もあるし、付き合いもあるだろうけど、俺は悠里と一緒《いっしょ》に食事をするのが楽しいから」

ハンバーグの最後を口にし、二階堂は箸を置く。

「どうしても悠里に負担がかかってしまうけど、人が作ってくれた食事はすごく美味《おい》しいんだよ。俺にとっての家庭の味は、高校生時代にこの家で食べた食事だし。もちろん、悠里ができる範囲で、俺も手伝うし」

二階堂にとって、この家で食べた食事にそこまでの意味があったということには驚《おどろ》くが、もちろん面倒と思うはずがない。

「僕、負担だなんて思ってないよ。一人で食べるより、和く、和人さんと二人で食べる方が美味しいし」

「それ」

「え？」

「昔みたいに、《和君》って呼んでくれないのか？」

そんなふうに、寂しそうな顔なんてしないでほしい。流し目なんかされると威力《いりょく》があり過ぎて、絶対に抵抗《ていこう》なんてできそうになかった。

(で、でも、ちゃんとケジメはつけておかないと……いけないし)

今回の同居にあたって、呼び方も散々考えて決めたのだ。昔は何の衒《てら》いもなく《和君》と呼んでいたが、さすがに社会人になった今の二階堂をそう呼べるはずがない。両親にも相談し、父はどちらでもいいんじゃないかと言ったが、母は呼び方は改めた方が良いと言った。いくら一緒に暮らしたという事実があっても、大人の男の人である二階堂に《和君》呼びは駄目《だめ》よと。身内ではないのだからなおさら、一線は引いた方が良いと言われた。

確かに、悠里も大学生になって《君》付けは少し子供っぽ過ぎると自覚している。だが、考えて《和人さん》と呼ぶようにしたものの、実際に口にすると妙《みょう》に恥《は》ずかしいのだ。年上の人をさん付けにするなんて珍《めずら》しいことじゃないのに、相手が二階堂だとちょっと違《ちが》う。彼には言えないが、一週間呼び続けた今でも本当は照れくさくてしかたがないのだ。

きっと、《和君》呼びの方が気持ちも落ち着くと思うが……ここはもう慣れるしかない。

「悠里？」

「ぼ、僕も大人になったから、ちゃんと呼ぶことにしたんだ、よ」

「……そうか」

二階堂の声が少し寂しそうに感じて、悠里はチラッとその顔を見る。しかし、想像していたのとは違い、二階堂の顔はどこか気恥ずかしそうだ。

「悠里も大人になったか……」

……何だか事が大きくなった気がするが、呼び方に関しては自分で決めたことなので今のところ元に戻す気はない。

気持ちを落ち着かせるためにお茶を飲んだ悠里に、そうだと二階堂が話しかけてきた。

「ルールを決めないか？」

「ルール？」

「これから俺と悠里の二人暮らしだ。快適に暮らせるように、最初にお互《たが》いが納得《なっとく》できるルール作りをした方が良いと思う」

もちろん、雁字搦《がんじがら》めじゃなくて緩《ゆる》くな、と言う二階堂に、悠里もすぐに頷《うなず》いた。

これから先の生活は、きっと二階堂の方に負担がかかるものだと思う。彼が快適だと思ってくれるよう、できる限りその要望に応《こた》えたい。

張り切って頷く悠里に笑い、二階堂は話を続けた。

「最初に、一番大切なこと。お互い、無理しない」

「……お互い？」

「ああ。俺は働いているけど、悠里も大学に通っている。学生の勉強は仕事と一緒だ、悠里だけが無理に家事をする必要はない」

洗濯《せんたく》も掃除《そうじ》も、手が空いた方がすること。

料理は帰宅が早い悠里が担当することが多いだろうが、試験中や疲《つか》れた時は構わず外食にすること。

「それから、俺はここに仕事を持ち込まない」

「で、でも、そうすると残業が……」

「就業時間に終わらせることくらいできるからな」

優秀《ゆうしゅう》な二階堂らしい自信たっぷりの言葉に、それが彼の本心だということがわかる。

「後は、何かあったら絶対に相談すること。毎日顔を合わせるんだから、いろんな話をたくさんしよう」

「……うん」

きっと、家族仲の良い悠里のことを考えてくれたのだろう。

大好きな二階堂と、毎日顔を合わせることができる。

毎日《おはよう》と《お帰りなさい》と《おやすみ》を言うことができる。

十年間会えなかったことから考えると、まるで夢のような話だ。

「……和人さん」

「ん？」

「今日から、よろしくお願いします」

「こちらこそ、よろしく」

視線を合わせ、どちらともなく笑う。

こうして、悠里にとって幸せで、どこか落ち着かない二階堂との同居生活が始まった。

# 第二章

大学生は自由時間がたっぷりある。

そんなふうに思っていた高校生時代だが、自分が実際に大学生になるとその認識《にんしき》はまるで違うのだと思い知った。

確かに、高校時代までの決まった時間割りはないが、その分自主的に課題に取り組まないといけない。寝坊《ねぼう》して起こしてくれる母もいないし、両親がいないせいで勉強が疎《おろそ》かになったなんて言われたら、同居してくれている二階堂に対しても申し訳ない。

「よしっ」

一方で、二階堂との同居生活は順調だ。

朝起きるのはまだ少しつらいが、毎朝顔を合わせて朝の挨拶《あいさつ》をすると幸せになる。

今朝はハムエッグの卵も崩《くず》れなかったので、思わず良い日だとにっこり笑った。

「おはよう、悠里」

「あ、お、おはよう」

そこへ、身支度《みじたく》を終えた二階堂がやってきた。

軽く髪《かみ》を撫《な》でつけ、まだ上着は着ていないものの、デキる男という雰囲気《ふんいき》がたっぷりだ。その上、朝からやっぱり綺麗《きれい》で、見惚《みと》れるほど格好良い。

朝一番に二階堂と言葉を交《か》わす幸せを嚙《か》み締《し》めながら一緒にテーブルにつき、朝食を食べながら今日の予定を話し合う。

「そうだ、今日は外で夕食を食べないか？」

「え？　仕事は？」

「大丈夫《だいじょうぶ》。悠里もそろそろ疲れが溜《た》まるころだろう？　気分転換《てんかん》しないか？」

二人での同居を始めて約半月。悠里自身はまったく疲れていないが、二階堂はそろそろ外食も恋《こい》しくなる時期かもしれない。そのことに不満はなく、むしろわざわざ食事に誘《さそ》ってくれる優《やさ》しさが嬉《うれ》しかった。

「あ、ありがとう」

(外で食事……デートみたいだ)

ふとそんなことを考えてしまい、悠里はボッと顔が熱くなった。二階堂は純粋《じゅんすい》に悠里を労《ねぎら》うために誘ってくれただけなのに、変なふうに考えてしまう自分がおかしい。

第一、男同士で食事をするのを、デートだと言うわけがないのだ。

「悠里？」

「あ、うん。じゃあ、仕事が終わるころ、連絡《れんらく》をくれる？」

「わかった。たぶん七時過ぎになると思う」

食事を終えた二階堂を、玄関《げんかん》まで見送りに行く。

「行ってらっしゃい、気をつけて」

「……」

「和人さん？」

なぜか、口元を片手で覆《おお》った二階堂に首を傾《かし》げると、彼はコホンと咳《せき》ばらいをする。

「ちょっと……新婚《しんこん》さんみたいだなって思って」

「し……っ」

思いがけないことを言われ、一瞬《いっしゅん》で悠里の顔は熱くなった。きっと真っ赤になっただろうが、二階堂はそれを指摘《してき》することなくいつものように髪を撫でてくれる。

「行ってきます」

温かい手が離《はな》れ、そのまま玄関から出て行く後ろ姿を見送る。その間、悠里は頭の中が真っ白になっていて、一言も言葉が出てこなかった。

「よう、悠里」

「おはよう」

朝から動揺《どうよう》してしまい、あやうく講義に遅刻《ちこく》するところだった。間に合ったものの、結局講義中も頭の中は二階堂の朝の言葉が渦巻《うずま》いていて、ほとんど記憶《きおく》に残っていない。

教室から出ると、席が離れていた友人が声を掛《か》けてきた。

高校から一緒《いっしょ》の大谷浩史《おおたにひろし》は、数少ない友人の一人だ。頭が良いのできっとあの最高学府に進学するだろうと思っていたのに、入学式で声を掛けられてすごく驚《おどろ》いた。

大谷は、見かけだけなら少しチャラいがモテそうな容姿だ。実際、高校の時は毎日日替《ひが》わりで連れて歩く女の子が違《ちが》うと噂《うわさ》されていたが、本人に聞けば皆《みな》友達だとあっけらかんと言われた。

ゲーム好きで、ちょっとオタク気質の男は、案外男たちの間でも評判は良い。悠里も、つかず離れずの距離《きょり》感《かん》が居心地《いごこち》好くて、いつの間にか友達になっていた。

「昼飯、一緒にどう？」

「うん、いいよ」

揃《そろ》って大学近くのファストフード店に行く。ゲームを買い過ぎて年中金欠の大谷とは、これがいつもの流れだ。

それぞれ注文した物を持って窓際《まどぎわ》の空いている席に座ると、さっそく大谷が切り出した。

「いつも早いお前が遅刻寸前なんて珍《めずら》しいな。何かあったのか？」

「べ、別に、何も」

大谷は友人と言える存在だが、今回の両親の渡米《とべい》と二階堂との同居の話はしていない。大谷は家に入り浸《びた》るような性格じゃないのでその方面の心配はしていないが、二階堂のことを話す自分の態度に自信がないのだ。

（結構、鋭《するど》いし）

自分が二階堂に対して抱《いだ》いている複雑な感情。同性に対して抱いても良いのか迷うその想《おも》いを知られてしまったらと思うと、どうしても怖《こわ》かった。

「最近、付き合い悪いし」

「そ、そうだっけ？」

「家に呼んでくれないじゃん」

おとなしい悠里が友人を連れてくることを喜ぶ両親のため、悠里は時々大谷を家に連れてきていた。如才《じょさい》ない男は両親ともすぐに打ち解けて、結構仲良くなっていたはずだ。

（……ん？）

そう言えば、何度か母が大谷からメールが来たと言っていた。内容は食事の感想などのありふれたものだったはずだが……そこまで考えた悠里は、嫌《いや》な予感に探《さぐ》るように目の前の友人を見る。

すると、伊達眼鏡《だてめがね》の奥の目がニンマリと弓なりになった。

「ラブラブ同棲中《どうせい》？」

「なっ？」

いきなりの大谷の発言に悠里は目を瞠《みは》る。大谷には二階堂のことなど一言も話したことがないのに、どうしてそんなふうに話を繋《つな》げるのか。仮に、母から二階堂との同居の話が伝わったとしても、だ。

表情をごまかすことのできない悠里に、大谷はますます楽し気に目を細める。

「里香さんに、悠里が大好きな人と同居を始めるけど、時々テンパってないか見てやってほしいって言われたんだよ。人見知りの激しいお前が大好きだっていう相手なんだ、特別な存在ってことだろう？　ちゃんとリードできているのか？　あ〜、それとも、毎日目くるめく大人な夜を過ごしているとか？」

「そっ、そんなことないって！」

何を言ってるのか。二階堂の名誉《めいよ》のためにも即座《そくざ》に否定したものの、大谷はわかっていると物知り顔に頷《うなず》くだけだ。

「お前、結構面食いだもんなあ。どんな美人なのか興味がある」

「美人って……」

（それって……）

まるで自分の心の中を言い当てられたかのような気分になって焦《あせ》ったが、その言い様はどうやら二階堂のことを女の人だと勘違《かんちが》いしているように聞こえる。母もそこまで詳《くわ》しく言っていないのか、それとも本当はわかっていてわざとそんなふうに言っているのか。

大谷の真意を探るようにじとっと見つめるが、早く言えと促《うなが》されてしまった。

どうやら前者のようらしい。

内心安堵《あんど》するとともに、ふと、悠里はそのことを好都合なのではないかと考える。

(大谷なら、僕よりいろんなことを知っているだろうし……)

大谷が二階堂の性別を勘違いしているのなら、悠里が二階堂に抱いている複雑な想いに対する答えというか、アドバイスを、今なら聞けるのではないか。

「……」

一瞬そんな思いが過《よぎ》ったが、すぐに悠里は打ち消した。たとえ今は誤解されているとしても、この先大谷が二階堂と顔を合わす機会がないとは言えない。その時になって、相談に乗ってもらったいろんなことを後悔《こうかい》してしまいそうだ。

「悠里?」

「……一緒に暮らしている人はいるけど……そ、そんな相手じゃないから」

目くるめく大人な夜を過ごすなんて、ありえない。

「へ、変な誤解は……」

何とか言葉を継《つ》いで誤解を解こうと頑張《がんば》ったが、大谷は端《はし》から悠里を追い詰《つ》めてくる。このままでは両親がいない間にとんでもなく破廉恥《はれんち》な生活をしていると誤解されかねない。こうなると、実際に二階堂に会わせて、同居人が男だと納得《なっとく》してもらうしかなさそうだ。いや、そこまでしなくてもいいんだろうか。

「じゃあ、会わせて」

「わ、わかったよ」

結局、十分後にはそう言ってしまう押しに弱い自分がいた。

＊＊＊

「二階堂さん、あの、代わってもらえませんか？」

今まで話していた電話を切った途端《とたん》、斜《なな》め向かいの席の新入社員が焦ったように声を掛けてきた。電話中から狼狽《うろた》えている様子は目に入っていたので、予想した流れではあったが。

「相手は？」

「ニューヨークのジュピシェ商社の方です」

海外の取引相手らしい。それでもこの会社に入社できたくらいなので英会話はできるはずだ。

「その、とてもネイティブな発音の方で……」

二階堂の視線に更《さら》に言い訳を重ねる相手を軽く手で制し、二階堂は電話を取った。

「Hello」

（ぼんやりしている暇《ひま》があったら、相手の情報を教えろ）

電話を丸投げにしてきた新入社員を見ても、あからさまな安堵と共に妙《みょう》に粘《ねば》ついた視線を向けてくるだけだ。まったく面倒《めんどう》でしかたがないが、こうなったら相手との会話で事情を探るしかない。

二階堂はすぐさま意識を切り替《か》えた。


二階堂は今年入社七年目だ。中堅《ちゅうけん》どころだが、二階堂の立ち位置は他《ほか》とは違う。それは、この会社の社長が父親だからだ。

祖父が設立した会社は数十年で大企業《だいきぎょう》と言われるほど成長し、近い将来二階堂が三代目社長に就任することは既定《きてい》路線だ。そのため、勉強として各部署を回っていたが、今は大きなプロジェクトが進行している営業企画《きかく》部に所属している。

幼いころから、将来自分が会社を継ぐことを当然として考えていた。幸い、そんなに苦労しなくても勉強の方はできていたし、堅実《けんじつ》で厳しい両親にしっかりと教育され、自分でも馬鹿《ばか》な三代目にはならないだろうと客観的に思っている。

二代目の父親は結構苦労したらしく、二階堂は早くから親離《おやばな》れをするように言われた。

高校は父親の知り合いの家に下宿し、大学は一人暮らし、途中《とちゅう》からは留学もした。

かなり淡白《たんぱく》な性格だと自己分析《ぶんせき》しているが、高校から親と離《はな》れてもまったく寂《さび》しくなかった。

だが、これは下宿先の家族の影響《えいきょう》が大きかったかもしれない。

父親の学生時代の友人だというその家の主《あるじ》は、大学を卒業してすぐに結婚《けっこん》して二階堂を授《さず》かった父親とは違い、結婚が遅《おそ》かったらしく子供はその時小学校にも上がっていなかった。

「ほら、今日から一緒《いっしょ》に暮らすお兄ちゃんだよ。ちゃんと挨拶《あいさつ》をしなさい」

人の好《よ》さそうな父親の友人に促されても、その子はなかなかその背中から出てこなかった。

相当人見知りをするらしく、その後数日は話どころか近寄ってもこなかった。元々子供好きとは言えなかった二階堂は気にしなかったのだが、それでも自分の容姿が人に好かれる方だという自覚があったので意外だという思いもあった。

そう、あまり嬉《うれ》しいことではないが、二階堂は母親に似て、いわゆる綺麗《きれい》な顔をしていた。

幼いころは必ず女の子に間違われたし、変な輩《やから》に声《こえ》掛《か》けをされることも頻繁《ひんぱん》だった。そんな二階堂を心配した母親が空手と剣道《けんどう》に通わせてくれたが、それは今でも感謝するほど己《おのれ》の身になっている。

そんな自身の容姿に嫌気《いやけ》がさして、中学に入学したころは髪《かみ》を短く、言葉遣《ことばづか》いもわざと乱暴にした。この顔で「僕」呼びをしていた時は、可愛《かわい》い可愛いとうるさいくらいだったのが、「俺」と言い始めて愕然《がくぜん》とした顔をされた時は胸がすいたものだ。

ただ、今回の相手は子供で、しかも男の子だ。お世話になる家の子供だし、幼くても美醜《びしゅう》に煩《うるさ》い少女たちとは違うと、案外気が楽かもしれない。

（……この髪……）

自分の腰《こし》ほども身長のない、小さく華奢《きゃしゃ》な男の子。見下ろす髪は二階堂とはまるで違う柔《やわ》らかそうな薄《うす》い色で、天然なのかクルクルカールしている。触《さわ》ったら柔らかそうだなと思って無意識に手を伸《の》ばしたが、怯《おび》えた子供はますます自分から遠ざかった。

「……」

ビクッと動いた時に揺《ゆ》れた髪が、ふわりとなびく。

「……タンポポの綿毛みたいだ」

その呟《つぶや》きは、幸運にも子供の耳には届かなかったようだ。

下宿生活が始まっても、二階堂と子供の関《かか》わりはびっくりするほどなかった。

部活も忙《いそが》しいので帰宅が遅いせいもあるだろうが、それにしては休みの時もなかなか顔を見ることができなかった。

自分から子供と関わる気はなかったはずだが、こうも疎遠《そえん》だと反対に気になってしまう。それに、あの時直接触《ふ》れることができなかった髪を触ってみたいと、心密《ひそ》かに思っていた。

「おっと」

「……ぁ……」

ある日、学校から帰ってきた二階堂は、玄関先《げんかんさき》で子供と鉢合《はちあ》わせをした。慌《あわ》てたらしい子供は引き返そうとして足をもつれさせて尻《しり》もちをついてしまい、それを引き起こしてやろうと手を伸ばした時、避《よ》けようとした子供の爪《つめ》が手の甲《こう》を掠《かす》った。

特に、酷《ひど》い怪我《けが》じゃなかった。猫《ねこ》に引っ掻《か》かれるよりも浅い爪痕《つめあと》だったが、子供は自分が人を傷つけたことにかなりショックを受けて、たちまち洪水《こうずい》のように涙《なみだ》を溢《あふ》れさせて泣き出してしまった。

「え、悠里君？」

うるさく泣きわめくのではなく、しゃくりあげながらボロボロと涙を流し続ける子供をどう宥《なだ》めたらいいのかわからず、二階堂は目の前の小さな身体《からだ》を抱《だ》き上げて落ち着かせるために背をポンポンと叩《たた》いた。

その時、二階堂が考えていたのは、面倒だなということ。買い物に行っているらしい子供の母親が早く帰ってくるようにと願うばかりだったが、その時聞こえるか聞こえないかの小さな声が耳に届いた。

「……めな、さ……ごめん、なさ……い」

「……」

さっきまで怖《こわ》がっていた相手の腕《うで》の中、身体を震《ふる》わせながら謝り続ける子供。制服の胸元《むなもと》が冷たく濡《ぬ》れる感触《かんしょく》が妙にリアルで、たぶん二階堂はその時初めて子供……悠里の存在を認識《にんしき》したと思う。


そのことで、子供が二階堂に慣れるということは……なかった。

しばらくは近づくのも怖いと思ったらしく、それこそ絶滅危惧種《ぜつめつきぐしゅ》かというくらいなかなか姿を現さなかった。小学校に入学する前の歳《とし》なので、朝は二階堂が学校に行ってから起き、夜は部活から帰った時には寝《ね》ている。

それまでの二階堂なら、面倒がなくてよかったと思っただろう。そうでなくても幼い子供は我が儘《まま》で未知数で、相手にするだけで疲《つか》れる存在だ。しかし、あの時泣きながら謝った悠里の姿は脳裏《のうり》に焼き付いていて、二階堂は慣れない野生動物を懐《なつ》かせるべく行動を開始した。

最初は、挨拶をするようにした。朝夕、一目でも顔を合わせる時間を捻出《ねんしゅつ》し、おはようとおやすみを言った。

最初は母親にしがみ付くだけだった悠里も、次第《しだい》に二階堂の存在に慣れてきたのか、チラチラこちらを見るようになったかと思うと、

「……お、はよ」

短く挨拶をしてくれるようになった。

初めてそれを聞いた時、意外なほど喜んでいる自分がいた。勉強もスポーツも苦も無くこなしてきた二階堂にとって、何か達成したという初めての快感は存外悪くないと思えた。

それからも慎重《しんちょう》に距離《きょり》を詰《つ》め、悠里が初めて「かずくん」と名前を呼んでくれたのは、下宿を始めてから既《すで》にひと月は経《た》とうとしていた頃《ころ》だった。

懐いた悠里は、想像していた以上に可愛かった。

子供特有の我が儘なところも見えず、常に遠慮《えんりょ》がちに近づいてきては、はにかんだ笑《え》みを浮《う》かべて抱きついてくる。高い体温と柔らかい身体が腕に心地好《ここちよ》く、自分から抱きしめることも多かった。

特に、その髪は二階堂のお気に入りだった。本人はあまり好きではないようだったが、ようやく触れることができるようになったフワフワでクルクルとした明るい色の髪は、黒く癖《くせ》のない自分の髪とは正反対で羨《うらや》ましい。

友人との付き合いはあったが、子犬のように懐く悠里と過ごす時間が楽しく、休みごとにいろんなところに遊びに連れていったり、家でも本を読んでやったり、一緒に風呂《ふろ》に入ったり、寝たりもしていた。

純粋《じゅんすい》に自分を慕《した》ってくれている存在に、気づかず張りつめていた気持ちが和《やわ》らいでいくのがはっきりとわかった。

ある日、家の縁側《えんがわ》でのんびりと日向《ひなた》ぼっこをしていた時、二階堂の胡坐《あぐら》をかいた膝《ひざ》の上に座っていた悠里が、不意に振《ふ》り返った。

少し顔を赤くして、恥《は》ずかしそうに視線を彷徨《さまよ》わせる様子は微笑《ほほえ》ましいが、その理由がわからないのはちょっと悔《くや》しい。普段《ふだん》からおとなしく、口数も多い方ではない悠里に、二階堂の方から促《うなが》してみた。

「どうしたんだ？」

「あ、あのね」

「ん？」

悠里は小さな手でズボンを握《にぎ》りしめた。

「僕ね、和君、大好き」

最近、言ってくれるようになった言葉だ。学校で簡単に告白してくる相手とは違う、純粋な好意を込めた言葉は、二階堂にとってとても嬉しいものだった。

「俺も、悠里が大好きだよ」

友人が見たら噴《ふ》き出しそうな甘い顔になっているのを自覚しながら言葉を返すと、悠里がパッと顔を輝《かがや》かせた。

「僕ね、和君のキレイな顔も大好き。キラキラしてて、見ているだけで胸があったかくなるの」

「……ありがと」

いつもは苦々しく聞こえる賛美も、悠里が言うのなら素直《すなお》に受け取れるのが不思議だ。

「僕ね、僕……ほんとうは、和君のお嫁《よめ》さんになりたかったんだ。でも、男どうしじゃ結婚《けっこん》できないでしょ？」

「お嫁さんって……」

小学生の男の子に求婚されるとは思わなかった。いや、本人は嫁になりたいと言っているのだから、逆プロポーズか。さすがに男同士では結婚できないことはわかっているらしいが、どうしてそう思ったのか聞きたかった。

「どうして俺と結婚したいと思ったんだ？」

「だって……僕ね、和君にいつも笑っていてほしいから」

「え……」

「結婚するとね、いつもニコニコできるんだよ。僕のお父さんとお母さんも、結婚しているからニコニコしてるんだ。ニコニコは、幸せなんだよ。和君は、笑ったらもっとキレイでしょ？僕、和君にもっとニコニコしてほしいの」

――二階堂は、言葉がでなかった。安心させる笑みも浮かべることができなくて、見下ろす柔《やわ》らかな髪《かみ》を見つめることしかできない。

笑っていてほしいから。そんな理由を思いつけるはずがない。悠里は本当に、純粋に二階堂を慕ってくれていて、この小さな手で幸せにしたいなどと言われて、笑って流すなんてできるだろうか。

「和君？」

子供の無邪気《むじゃき》さで、真っすぐな好意を向けてくる悠里。その中に恋愛《れんあい》感情がないのは当たり前だが、二階堂の心の中に今までにない感情が生まれたのは確かだ。

「……大人になったら、男同士でも結婚できるよ」

「ほんと？　僕、和君のお嫁さんになれる？」

「……悠里が、大人になるまで覚えていてくれたら」

「僕、忘れないよっ。和君のこと、大好きだもん！」

二階堂は黙《だま》ったまま悠里を抱きしめる。腕の中にすっぽり収まる小さなこの存在が大きくなるころ、自分たちの関係はどうなっているんだろうと、珍《めずら》しく見えない未来を考えてしまった。

そんなふうに濃密《のうみつ》に過ごした時間があったせいか、高校を卒業して大学に進学することになった時、実を言うと二階堂は父親と朝比奈にこのまま下宿を続けさせてほしいと頼《たの》んでいた。幸い通学ができない距離でもなかったし、朝比奈一家との関係も良好で、わざわざこの家に下宿するように言った父も簡単に許可をくれるだろうと安易に考えていた。

しかし、父親には却下《きゃっか》された。大学では一人暮らしをし、自立した生活をするようにと命じられてしまった。

未成年で、まだ父親の扶養《ふよう》家族だった二階堂に反論する術《すべ》はなく、二階堂が出て行くことを知った悠里の泣き声を、奥歯を嚙《か》み締《し》めて聞くことしかできなかった。

「和君、行かないで……僕、もっといい子になるから、ね、ねぇ……」

こんな時までわめくことなく、ただただ己《おのれ》の望みを必死に伝えてくる悠里。小学生になっても細いままの身体《からだ》を抱きしめ、二階堂は柔らかな髪に顔を埋《うず》める。

「ねぇ、和君、一緒《いっしょ》に、いてよぉ……」

「悠里……」

「こら、和君が困るでしょう？　ちゃんと笑ってバイバイしなさい。また会うことはできるんだから」

この家を出てしまうと、簡単に会えなくなる。

二階堂はそのことをよく理解しているが、幼い悠里は母親の言葉を素直に信じたのか、泣き声が少し小さくなった。

悠里の母親が、宥《なだ》めながら二階堂から悠里を引き離《はな》す。縋《すが》るように伸《の》ばされる手を握り返そうとしたが、その前に朝比奈が苦笑《くしょう》しながら二階堂の肩《かた》を叩《たた》いた。

「ずっと、可愛《かわい》がってくれてありがとう。大学生活は楽しむようにね？」

「……はい」

悠里は母親に抱《だ》きついたまま顔を見せてくれない。最後に見るのがあのふわふわな髪だけだというのが、何だかとても寂《さび》しく思えた。


大学に進学し、留学もして充実《じゅうじつ》した時間をそれなりに過ごしたが、社会に出ると人間関係、特に異性関係にはいっそう辟易《へきえき》した。将来の社長夫人を狙《ねら》う狡猾《こうかつ》な女たちを前にすると、昔可愛がった悠里のことを思い出した。

幼いころの、無邪気な求婚。本人だってきっと忘れているだろうが、二階堂の記憶《きおく》にはしっかり刻み込まれていた。

初めはただ懐《なつ》かしい思い出としてだが、いつしか女と付き合っている時も比べるようになってしまい、自分はそういう趣味《しゅみ》だったのかと愕然《がくぜん》ともした。しかし、割とすぐにそれの何が悪いと思い始める。屁理屈《へりくつ》を言うつもりはないが、今は様々な恋愛の種類があり、ゲイということも珍しくない。そもそも、二階堂は男が好きなのではなく、唯一《ゆいいつ》悠里に対してだけ、そんな感情を抱《いだ》いているのだ。

十年会っていない相手にそんな感情を抱く自分が不思議だったが、あの悠里ならば変わらないだろうとも容易に想像できた。こうなると、細々とでも繋《つな》がりを絶たなかった自分を褒《ほ》めるしかない。

自覚すると早かった。欲しいものは手に入れるという家風もあると同時に、悠里の隣《となり》に自分以外の人間を立たせたくなくて、何とか再会を画策していたところ、父親から朝比奈の海外出向の話を聞いた。

当然、この機会を逃《のが》すつもりもなく、二階堂は手早く動いて同居の手はずを整えた。これまで父親の敷《し》いたレールを素直に歩いてきたという実績があったせいか、それとも困っている友人を助けるためか、父親は悠里との同居を許してくれた。

ここまでくれば、後は既成事実《きせいじじつ》を作るのみだ。

自分の後の後継者《こうけいしゃ》問題は大きいが、決して解決できないものではない。何より、既《すで》に成人して働いている二階堂は、もはや親の庇護《ひご》下にはいないのだ。

そして――再会した悠里は思い出の中よりも可愛らしく、しかし、ちゃんと成長していて、自分にとっての恋愛対象になる存在だと改めて思えた。いや、いっそ生々しく、そのすべてを手に入れることが想像できた。スマートに、できるだけ早く確実に手に入れるべく、二階堂は用意周到《よういしゅうとう》に悠里を囲うつもりだ。

「お先に失礼します」

自身の仕事を片付けた二階堂が席を立つと、隣の席の同僚《どうりょう》が声を掛《か》けてきた。

「飯に行かないか？」

同期入社の藤本俊輔《ふじもとしゅんすけ》は、初対面で「俺、三代目に忖度《そんたく》するから」とあっけらかんと言い放った男だ。上司や他《ほか》の新入社員はざわついたが、二階堂は反対に己の欲をはっきり口にする藤本に一目置いた。

友人……とは少し違《ちが》う、どちらかと言えば悪友枠《わく》だろうか。今では一番よく飲みに行くし、お互《たが》いの悪い遊びも知っている仲だ。

「いや、先約がある」

だからこそ、あっさりと断ることもできる相手だ。しかし、あまりにあっさりしたせいか、それとも《先約》という言葉に引っ掛かったのか、藤本は身を乗り出して言葉を継《つ》いだ。

「誰《だれ》だ？　会社の子か？」

どうやら、相手は女だと決めつけているらしい。別に、わざわざ否定しなくてもいいのだが、何だか悠里の存在を軽く見られた気がしてしまい、二階堂は思わず違うと言っていた。

「違うのかぁ……じゃあ、誰？　親関係？」

「お前……」

（いくら何でもぶっちゃけ過ぎだろ）

二階堂がこの会社の社長子息だというのは周知の事実なので、社内にはいずれ社長になる二階堂のパートナーの座を狙う女子社員は数多い。二階堂もそのことはわかっているので、社内に特定の相手は作らないようにしていたものの、今でも無関心に見えて聞き耳を立てている彼女たちを横目に溜《た》め息が出た。

「不正解。じゃあな」

言い捨てると、二階堂はさっさとデスクを離れる。歩きながら携帯電話《けいたいでんわ》を取り出すと、待ってくれているはずの悠里にメールを入れた。

今回の外食は、二人暮らしが始まってからずっと家事を頑張《がんば》ってくれている悠里を労《ねぎら》うためだ。

最初に頑張り過ぎないように伝えたが、真面目《まじめ》な悠里は何でも自分でしようとする。社会人と大学生では自由になる時間に差はあるし、まだ始まったばかりの生活で無理をしてほしくない。

――と、色々考えるが、結局は再会してまだどこか距離《きょり》を感じる悠里と、早く親密になりたいだけだ。

自分でも、焦《あせ》り過ぎていると思う。大人げないし、余裕《よゆう》がない。

それもこれも、大学生になっても可愛い悠里が悪いのだ。

童顔な朝比奈に似るだろうなと思っていたが、それでも可愛らしさは薄《うす》れると思っていた。そうなっていたらいたで、男同士でいろんな遊びをしたり、少々激しいスキンシップもできるかなと考えていた。しかし、再会した悠里は昔の面影《おもかげ》はそのまま、男臭《おとこくさ》さなんて感じない、まだ男の子という雰囲気《ふんいき》を持っていて、どうしても昔を意識してしまう。

海外の友人の中にはゲイもいて、二階堂自身同性愛に忌避感《きひかん》はない。むしろ、まだ少年っぽい悠里相手に心がざわめく自分にそういった趣味があったのかと……少々考えてしまうくらいだ。

悠里に対し、今までになく保護欲が働いているし、自分にだけ頼《たよ》ってほしいという独占欲《どくせんよく》もある。その想《おも》いにどんな名前があるのか、さすがに三十も間近の二階堂はわかっているが、まだ幼い悠里に押し付ける気はない。

もちろん、みすみすこの手の中から逃《に》がすつもりもないが。

会社から出た時、悠里からの返信が届いた。労いの言葉と共に、すぐに行くからという飾《かざ》りのない真っすぐな言葉。

メールの返信さえ素直《すなお》で可愛いと、思わず笑《え》みを漏《も》らした。

待ち合わせは六本木。悠里がわかりやすいビルの前にした。

同じように待ち合わせをする者も多く、先ほどから露骨《ろこつ》な視線を向けられているが一切《いっさい》無視する。

何人かは直接声を掛けてきたが、即座《そくざ》に断った。見知らぬ女と一緒《いっしょ》にいるところを悠里に見せるわけにはいかず、意識的に周りをシャットアウトする。

「か、和人さん」

二十分くらい待っただろうか。

少し遠慮《えんりょ》がちな声が聞こえて顔を上げると、前方から悠里がやってきた。

普段着《ふだんぎ》で良いと言ったので、ニットのセーターにパーカ、そしてジーンズ姿だ。細身のスタイルが際立《きわだ》つが、相変わらずのフワフワの髪《かみ》が幼く見えて思わず頬《ほお》を緩《ゆる》めた——が。

（……誰だ？）

ふと、悠里の後ろにいる男の姿に、二階堂は眼差《まなざ》しを強める。関係ないかと思ったが、振《ふ》り向いた悠里が話しかけたので知り合いだとわかる。自分との待ち合わせに見知らぬ男を連れてきた悠里の考えがわからなかったが、二階堂は意識して柔《やわ》らかな笑みを浮《う》かべた。

＊　＊　＊

二階堂に会わせると言ったものの、すぐというつもりはなかった。だが、そんな時に二階堂との夕食の約束をポロッと口にしてしまい、それならついでに会わせてくれと言われてしまった。

もちろん、断ることもできたと思うが、そうすると改めて二階堂に時間を取ってもらうことになる。それよりも、本当に会うだけならこの機会が一番いいかとも思え、大谷と一緒に待ち合わせの六本木にやってきた。

「あ……」

待ち合わせのビルの前、二階堂の姿はすぐにわかった。他にもたくさんの人がいたが、なぜか二階堂の周りだけポッカリ空間ができていたのだ。

でも、それだけではない。仕事帰りの少し憂《うれ》いを帯びた二階堂の美貌《びぼう》は更《さら》に輝《かがや》いて見えた。

「あの人？」

悠里の視線に気づいたのか、大谷が確認《かくにん》するように聞いてくる。頷《うなず》くと、珍《めずら》しく感心したような声をあげた。

「本当にサラリーマン？」

「うん」

「でも、あれじゃモデルって言ってもおかしくないいな」

大谷の言う通り、スーツ姿で携帯電話を見下ろしている二階堂の姿はそのままで絵になる。

現に、周りの人たちは露骨に彼を見ていて、その視線を感じているはずの二階堂はあっさり無視している。

（あ、あそこに行くの、勇気いるよ……）

おそらく、二階堂がどんな相手と待ち合わせをしているのか、周りは興味津々《きょうみしんしん》の目で見ているに違いない。元々人見知りの激しい悠里がそんな視線の中に入っていくのはハードルが高いが、だからと言ってこのまま二階堂を待たせることもできなかった。

「電話で呼んだら？」

大谷は悠里の心境を読んで端的《たんてき》にアドバイスしてくれたが、声が届くこの距離でわざわざ電話するのも変だと思う。

「だ、大丈夫《だいじょうぶ》」

悠里は斜《なな》め掛《が》けした鞄《かばん》のベルトを握《にぎ》りしめ、悲壮《ひそう》な覚悟《かくご》を決めてゆっくり歩み寄った。

「か、和人さん」

我ながら、震《ふる》えた情けない声だ。しかし、二階堂はすぐにこちらを見てくれた。

視線が合うとにっこりと笑みが深まり、長い足でスッと歩み寄ってくる。

「迷わなかった？」

軽く髪を撫《な》でながら言われ、悠里はカッと顔が熱くなった。

「だ、大丈夫」

今までまったくなかった視線が突《つ》き刺《さ》さってくるのを感じる。あの美貌の主がこんなチンクシャをと思われているのが嫌《いや》でも想像できたが、俯《うつむ》きそうになる悠里を押し止《とど》めてくれたのはやはり二階堂だった。

「来てくれてありがとう」

「う、ううん。僕の方こそ、わざわざ外食に、誘《さそ》ってもらって……」

「いつも家事を頑張ってくれているお礼だ。もちろん、悠里が作ってくれる料理の方が美味《おい》しいけど、たまには楽をしてほしいからな」

料理を褒《ほ》めてもらい、悠里は思わず笑みを浮かべる。すると、二階堂の視線がスッと後ろへと向けられた。

「彼は？」

「あ」

そうだった。

すっかり大谷の存在を忘れていた悠里が振り向くと、紹介する前に本人がニコニコしながら頭を下げる。

「悠里の友人です。噂《うわさ》の人を見たくて、ちょっとついてきちゃいました」

「噂の人？」

二階堂は僅《わず》かに眉《まゆ》を顰《ひそ》め、チラッと悠里を見る。悠里は慌《あわ》てて言葉を継《つ》いだ。

「か、母さんが心配したみたいで、その、大谷に様子を見てくれって言ったって……僕も今日聞いて」

「……そうか」

一生懸命《いっしょうけんめい》説明すると、二階堂は拙《つたな》い言葉でもわかってくれたみたいで柔らかな笑みを大谷に向ける。もちろん、二人が仲良くしてくれるのは嬉《うれ》しいが、見惚《みと》れるほど綺麗《きれい》な笑みを簡単に大谷に見せる二階堂に、ちょっとだけ胸の中がザワザワした。

「挨拶《あいさつ》だけで、俺は帰ります。悠里、また明日な」

「あ……」

自分でもよくわからない感情に揺《ゆ》れている悠里をよそに、大谷はあっさりとそう言う。最初から会わせるだけだと何度も念を押したし、元々が大谷の方からごり押ししてきたとはいえ、ここまで来て本当に帰してしまってもいいのだろうか。

悠里はどうしようかと二階堂に判断を仰《あお》ごうとしたが、彼は悠里の肩《かた》を抱《だ》くようにして軽く手を上げた。

「気をつけて」

気にした様子もなく帰っていく大谷の姿をしばらく見つめた後、悠里はそっと二階堂を見上げる。優《やさ》しい彼なら大谷も食事に誘うかと思ったが、もしかしたら勝手に友人を連れてきてしまったことを怒《おこ》っているのだろうか。

「ん？」

だが、見下ろしてくる二階堂の眼差しの中に怒《いか》りは見えず、悠里の大好きな綺麗《きれい》な笑みが向けられる。きっと、大谷が帰ると言った言葉を尊重してくれただけだと思え、悠里はほっと息をついた。

「行こうか」

肩を抱かれるように歩き始めると、少しずつまとわりついていた視線が離《はな》れていく。相変わらずすれ違《ちが》う人が振り向くのは当然だが、歩いていればやがてそれも流れていく。

「何が食べたい？」

「え、えっと……和人さんは？」

自分の意見を言うことに慣れない悠里は、主導権を二階堂に委《ゆだ》ねる。しかし、彼は笑って駄《だ》目《め》と言った。

「今日は悠里の食べたいものにするつもりだ。ほら、考えて」

「か、考えてって……」

再度選択《せんたく》を迫《せま》られ、悠里は慌てて考え始める。基本時に好き嫌《きら》いはないものの、食べる量が少ないのであまり量が多いものは選べない。

（和君は仕事帰りだし、お腹《なか》……空《す》いてるだろうな）

焼肉とか、中華《ちゅうか》とか、ガッツリしたものがいいかもしれない。

「俺のことは考えなくていいからな」

「……っ」

びっくりした。まるで頭の中を覗《のぞ》かれているみたいだ。

「悠里はすぐ顔に出るから。結構わかりやすい」

「そ、そう？」

隠《かく》し事が苦手な自覚はあるが、考えが顔に出ているとは思わなかった。

（……え？　も、もしかして……）

それならば、悠里が今二階堂に抱《いだ》いているほのかな想《おも》いまで顔に出ているのだろうか？　そう考え始めると二階堂の顔が真っすぐに見られなくなり、悠里は焦《あせ》るあまり早口になる。

「ぼ、僕、ハンバーガーでもいいよ？　和君、お酒飲みたい？　で、でも、僕一緒に飲むことできないから、えっと」

混乱しているせいで、二階堂の呼び名が昔に戻《もど》っていることにも気づかなかった。

気持ちを知られてしまうのが怖《こわ》い。やっと再会できて、毎日大好きな顔を見ることができるようになったのに、気持ち悪いって思われたくない。

歳《とし》の離れた、弟。そう思ってもらえるだけで充分《じゅうぶん》……なはずなのに、それを寂《さび》しいと感じてしまう自分がいる。まだ一緒《いっしょ》に暮らし始めて半月ほどなのに、ずいぶん欲張りになっているみたいだ。

「……悠里」

「……あ」

肩を抱いていた手が、宥《なだ》めるように髪《かみ》を撫でてくれた。いつもと変わらないその手つきに、混乱していた気持ちが少し収まった。

「帰ろうか」

でも、続く言葉に心が冷える。

「か、帰る？」

「俺たちの家に」

（そ、れって……僕が、変な態度だから……）

一緒に連れ歩くのは恥《は》ずかしいと思われてもしかたがない。

二人で外食するなんて、まるでデートみたいだと浮《う》かれていたのが恥ずかしい。悠里はせっかく時間を空けてくれた二階堂に申し訳なくて、かろうじて頷《うなず》いた。でも、強張《こわば》った顔を上げることはできなくて俯いてしまう。

「……少し日常と切り離した場所なら、悠里も俺を兄だと思わなくなるかなと思ったが……違うな、悪い、言葉が足りなかったのは俺だ」

「か、和……人、さん？」

二階堂が謝る意味がわからなくて、悠里は戸惑《とまど》いながら名前を呼ぶ。いつもなら悠里が理解

してくれるまで説明をしてくれるのに、

「……家に帰ってから、悠里に聞いてほしいことがあるんだ」

意味深なことを言って説明を避《さ》けた。

「ぼ、僕に？　な、何？」

どこか懇願《こんがん》するような言葉の響《ひび》きに、悠里はどうしたのかと心配になる。だが、二階堂はちゃんと話したいからと言うだけだ。それがかえって深刻な話に思え、悠里の脳裏《のうり》に嫌な予感が過《よぎ》る。

（和君を兄さんと思わなくなるとか……言葉が足りないって、僕じゃなくて？）

さっきの二階堂の言葉を思い出しながら考えるが、彼が何を言おうとしているのかまったく想像がつかない。

怒っているわけじゃないのは肩から離れず、しっかりと抱きしめてくれる手の力でもわかる。むしろ、いつもより力が入っていて痛いくらいだ。

（どんな話……なんだろう）

二人だけで暮らし始めて、まだ半月しか経《た》っていない。それなのにもう問題が起こってしまったのか、この先同居を続けてくれるのか。

頭の中がグルグルとして、悠里は喉《のど》が渇《かわ》いて何度も唾《つば》を飲み込んだ。

少しでも早く帰りたかったのか、二階堂はタクシーを拾った。その前に、外食するはずだったからと言ってデリバリーの注文もしてくれた。帰宅後悠里の手を煩《わずら》わせることがないようにと、帰宅時間に合わせて到着《とうちゃく》するように手配したみたいだ。

いつもと違う雰囲気《ふんいき》になってしまったのに、大人の二階堂はいつもと変わらず落ち着いていて、焦って戸惑う悠里を苦笑《くしょう》しながら見ている。

タクシーの中、肩を並べて座っているこの体勢が落ち着かず、悠里はほんの少し身体《からだ》を離そうとした。

「……っ」

しかし、その前に膝《ひざ》の上に置いた手に、二階堂の手が重なってきた。細くて長い、でも男の人だとわかる骨ばった指でそっと手の甲《こう》を撫《な》でられ、悠里は思わず息をのむ。手を繋《つな》いだことなど今までも何度もあったが、何だか……少し、違う気がする。

（き、緊張《きんちょう》、する）

この状況《じょうきょう》をタクシーの運転手に気づかれていないか、悠里は何度もチラチラと視線を向けたが、どうやら視界に入っていないようだ。

（どうして、こんなこと……）

まさか、悠里の気持ちに気づいているのだろうか。ほのかな、子供っぽい想いをからかわれているのだろうかと、一瞬《いっしゅん》疑ってしまったが、二階堂が人の心を弄《もてあそ》ぶような真似《まね》をするわけがない。

おずおずと視線を上げると、こちらを見ている二階堂と目が合った。

二階堂の綺麗な笑《え》みに、ぼうっと見惚《みと》れるとさらにその笑みが深まる。そして、まるで褒《ほ》めるかのように再度親指で手の甲を撫でられ、悠里は慌《あわ》てて視線を逸《そ》らした。


「ただいま」

「……ただいま」

家に着くと、鍵《かぎ》を開けながら二階堂が言い、悠里も小さく続いた。二人同時に出かけるのは初めてなので出迎《でむか》える言葉はないが、こうしてちゃんと帰宅の言葉を口にするとホッとする。

電気をつけて上着を脱《ぬ》ぐと、タイミングを合わせたようにインターホンが鳴った。どうやらデリバリーが届いたらしい。

二階堂が取りに行ってくれたので、悠里はその間飲みものの準備をする。外での食事ができなくなったのは残念だが、家にいるとやはり落ち着くので、結果的に帰ってきたのは正解かもしれなかった。

料理は中華だ。いくつもの皿がダイニングテーブルに並べられる。器《うつわ》は味気ないが、まだ温かな料理は美味《おい》しそうだ。

「食べようか」

「う、うん」

きっと、二階堂はお腹《なか》が空《す》いているだろう。悠里は茶を注ぎ、箸《はし》を渡《わた》した。

「いただきます」

「……いただきます」

静かな、二人だけの食事。自分が作った料理じゃないのは寂しいが、二階堂の旺盛《おうせい》な食欲は見ているだけでも楽しい。

先ほどの、妙《みょう》な雰囲気がなければもっと良かったのに……そんなふうに思っていると、箸が不意に止まってしまった。

（……駄目《だめ》だな……僕……）

自分の想いを持て余し、おかしな態度を取ってしまって、結局二階堂に気をつかわせてしまった。仕事をしている二階堂を支えなければならないのに、こんなふうでは先が思いやられてしまう。

(隠《かく》さなきゃ……知られないように、しなきゃ……)

ほのかな、恋《こい》とも言えないかもしれない、淡《あわ》い想《おも》い。このまま、こうして一緒に食事をしたり、たわいない話をしたり、それだけでも充分《じゅうぶん》だ。

決意を込めてうんっと頷いた時、

「こら」

とても怒《おこ》っているとは思えない、甘い声がした。

「一人で考えるなよ」

「え?」

「悠里は自己犠牲《ぎせい》に、自己否定がついてくるからな。はっきり言っておかないと、どんどん自己完結してしまうだろう? マイナスの方に」

性格をズバリと言い当てられ、悠里は言葉に詰《つ》まってしまう。

「食事中に言うことじゃないが……これ以上時間をかけると、変な方に暴走しそうだ」

そう言うと二階堂は箸を置き、真っすぐな視線を向けてきた。

「悠里」

何を言われるのか。悠里は息を詰《つ》める。

何を言われてもちゃんと受けとめよう……そう、自分自身に言い聞かした。

「好きだ」

「……」

「悠里？」

「…………え？」

口から漏《も》れたのは、間抜《まぬ》けな疑問の声だ。

(今……何て？)

二階堂の言葉を一言も逃《のが》さずに聞こうと思っていたのに、何だか都合の良い幻聴《げんちょう》が聞こえたみたいだ。

「悠里が好きだ」

「……っ」

しかし、もう一度同じ意味の言葉が聞こえた。二階堂は、確かに好きだと、悠里のことを好きだと言った。これは夢じゃ……ない。

「再会してまだ間がないのにこんなことを言って信じられないかもしれないが」

自嘲《じちょう》するように目を伏《ふ》せる二階堂は、こんな時だというのに見惚れるほど綺麗《きれい》だ。悠里はぼんやりとその顔を見つめたが、不意に壮絶《そうぜつ》な流し目を送られて身体が強張《こわば》った。こんな、あからさまな熱を含《ふく》んだ二階堂の眼差《まなざ》しは、今まで見たことがない。

「悠里にとって、十歳も上のおじさんの俺は恋愛《れんあい》対象にならないか？」

「れ、たい、しょう……って」

「それども、男とは恋愛できない？」

「お、男と、って」

矢継《やつ》ぎ早《ばや》に、でも、けしてまくしたてたりするわけでもなく、ゆっくりと、悠里の気持ちを確かめるように尋《たず》ねてくる二階堂。さすがに悠里も、これが夢などではなく、現実に二階堂に告白されているのだとわかった。

大好きなお兄さんに抱《いだ》いていた、ほのかな恋心。でも、それがどこまでの熱を持っているのかわからないまま再会し、見惚れるほど格好良くなった彼にまた、その想いが膨《ふく》らんだ。

外見は変化したものの昔と変わらず優《やさ》しく、悠里のことをいつだって考えてくれる二階堂を、さらに好きになった。

思い出の相手へのほのかな想いが、現実の相手への確かな恋愛感情に変化していたんだと、間抜けにも今この瞬間に自覚してしまった。

（……僕は、和君のこと……）

自分の想いを自覚すると、二階堂の告白がじわじわと威力《いりょく》を増して心に響《ひび》いてくる。好きな人に好きになってもらうことがどんなに大きな奇跡《きせき》か。

「悠里」

甘い声が、自分の名を呼ぶ。悠里は一気に顔が赤くなった気がした。

「ま、待って、和人さん、僕……」

「……返事、聞かせてもらえないのか？」

返事なんて決まっている。不思議と、男同士だという忌避感《きひかん》はなかった。たぶん、初恋が二階堂だった時点で、悠里の恋愛対象は女の子に限らない……いや、男というより、二階堂限定で恋愛対象になる。

歳《とし》の差は、甘えたな自分は年上の人の方が安心できるし、第一、二階堂はおじさんではない。

「す……」

「……」

「ぼ、僕、も……」

すごく勇気が必要な告白を、二階堂は子供の悠里相手にきちんとしてくれた。それならば自分も、ちゃんと二階堂に伝えたい。

だが、案外自分の気持ちを言葉にするのは難しくて、なかなか想いを言葉にのせられない。自分でも焦《じ》れるのに、二階堂は辛抱強《しんぼうづよ》く待ってくれた。

「僕……」

「ゆっくりでいいよ」

「……か、和人、さん」

「うん」

「僕……僕、も、好き、です」

ようやく、気持ちを口にできた。

「小さい、ころから、和君のこと、好きだった。本当に、お兄ちゃんみたいに、思って……大好きだった」

でも、その時の《好き》と、今の《好き》の意味が違《ちが》うことを、こういったことに疎《うと》い悠里もちゃんとわかっている。親愛から、恋に。ちゃんと、恋愛感情を伴《ともな》った《好き》に変化したのは再会してからだ。

「……うん、ありがとう」

目の前の二階堂が、本当に嬉《うれ》しそうに笑《え》んでいる。幸せそうなその表情を引き出したのが自分であると思うと気恥《きは》ずかしく、悠里はごまかすように慌《あわ》てて頭を下げた。

「あ、あのっ、よろしく、お願いしますっ。……あ、その、お付き合い、的な、こと」

「悠里」

楽し気に名前を呼ばれてそうっと顔を上げると、いつの間にか席を立った二階堂が、驚《おどろ》くほど近くにいる。びっくりして目を丸くすると、

「これからよろしく」

言葉と同時に髪《かみ》にキスされる。許容量以上の怒濤《どとう》の出来事に、悠里の頭の中は真っ白になっ

てしまった。

目が覚めると、昨日の幸せな出来事は夢だった——などと、いうことはなく。

目覚めた時からフワフワとした気持ちを抱いたままだった悠里は、朝食の支度《したく》をしている間にじわじわとした喜びと少しの戸惑《とまど》いに胸の中を支配されていた。

昨日は、結局告白という事実にいっぱいいっぱいになってしまったせいで、これからの二人について話すことができなかった。しかし、告白されて、自分もそれに応《こた》えたのだ。今日から恋人としてお付き合いすると思ってもいい……のだろう。

「……起こしに行った方が……いい、かな……」

せっかく同居しているのだ。朝食を作って食べてもらうだけでなく、起こすというイベントもした方が喜んでもらえるかも。

悠里にとって誰かと付き合うということ自体初めてで、何をどうしたらいいのかなんて何もわからない状況《じょうきょう》だ。年長者の二階堂に任せてしまうのは簡単だが、自主的に何かしたかった。

「そうだ、お弁当も作りたい」

意外に家庭料理が好きな二階堂なら、手作りの弁当も喜ぶかもしれない。

まるで新婚《しんこん》みたいだと想像し、思い切り照れた。

（あ……でも、やり過ぎとか思われたら……）

悠里がうんうん唸《うな》っている間に、いつものように二階堂が起きてきた。

「おはよう」

「お、おはよっ」

起こしに行くことができなくてがっかりすると同時に、二階堂の顔を見ると昨日告白されたことが生々しく思い出される。すると、それがまるで引き金になったかのように顔が熱くなった。きっと真っ赤になってしまっただろう。

（は、恥ずかしい、んだけど）

同居は、毎日顔が見られる利点があるが、反面どんな時も逃《に》げられないという弱点がある。でも、会いたくないわけではないのだ。

悠里は恥ずかしさを押し殺し、熱い顔をできるだけ隠《かく》すように俯《うつむ》きながら早口に言った。

「も、もう、ご飯できてるからっ。すぐ用意するね」

「手伝うよ」

動いていれば、頬《ほお》の熱も治まるだろうと思ったが、優しい二階堂は自身も率先《そっせん》して動いてくれる。

「え、あ、うん、ありがと」

悠里は言葉を交《か》わすだけでも緊張《きんちょう》しているのに、二階堂は一見いつもと変わりない。経験の差かと素直《すなお》に思うものの、胸の中は妙《みょう》にざわついた。

（……今まで、どんな人と付き合ってたんだろ……）

誰《だれ》が見ても理想の男の人である二階堂だ、付き合った相手もきっと素敵《すてき》な人だったに違いない。そうなると、その相手と自分との格差がどうしても気になる。

（和君が好きだって気持ちは……負けたくないけど……）

相手が目に見えないだけに、いろんな想像が膨らんでいく。

つい、マイナスへと向かいそうになる気持ちを叱咤《しった》して、悠里は味噌汁《みそしる》を注いで渡《わた》した。

「はい」

「ありがとう」

「……？」

礼を言って手を出してきた二階堂だったが、椀《わん》を持ったまま手を引かない。

「……和人、さん？」

二人で一つの椀を持ったまま、悠里の方が戸惑いながら声を掛《か》ける。すると、二階堂が少し照れたように笑った。

「なんだか、新婚みたいだな」

（和君、へ、平気そう）

「……っ」

（な、何っ、今の、何っ？）

これまでだって普通《ふつう》にしていた行為《こうい》なのに、関係が変わったからその意味も変化したというのだろうか。

まさか、さっき弁当作りで悠里が考えたことを読み取ったのかとまで想像し、ありえないと即座《そくざ》に否定する。だったら、二階堂も悠里のような想像をしたということだろうか。

そこまで考えて、また羞恥《しゅうち》で悶《もだ》えてしまう。

狼狽《うろた》える悠里に、二階堂は悪戯《いたずら》っぽく笑った。

「可愛《かわい》い奥さんだね」

（う……ま、まだ、言う？）

ここは、笑って流すべきか、それともちゃんと答えるべきだろうか。

めまぐるしく考えた悠里は、結局素直に答えることにした。

「じゃ、じゃあ、和人さんは、旦那《だんな》さまだね」

「……」

「か、和人さんのお嫁《よめ》さんはきっと幸せだと思うから、僕も、幸せ、だよ。い、今みたいに、笑っててくれたら、もっと、幸せだと……思う」

（い、言えたっ）

自分たちの関係を新婚夫婦《ふうふ》に喩《たと》えるのはハードルが高かったが、素直に想像すれば答えは決まっていた。

答えはこれで合っているだろうか……心配になって上目遣《うわめづか》いに二階堂を見ると、珍《めずら》しく彼は目を瞠《みは》って驚いたような表情をしている。

(え……?)

次の瞬間《しゅんかん》、目の前の耳がじわっと赤くなり、まるで感情が見えるのを隠すかのように彼は片手で目元を覆《おお》った。そんな二階堂の表情や行動は初めて見るものだ。

「……幼妻か……すごく可愛がりそうだ」

「和人さん?」

「……天然は最強だな」

「天然?」

何のことかわからない悠里は首を傾《かし》げるが、少しして二階堂は「悠里は可愛いな」と言う。

他《ほか》の人間に可愛いと言われるのは男として微妙《びみょう》だが、その相手が好きな人だと意味は全然違う。

「悠里が可愛過ぎて困る」

(和人さんにとって、僕は可愛く見えるのか……)

女の子ではないので美容に力を入れるつもりはないが、この先もそう思ってもらえるように頑張《がんば》ろうと気合いを入れた。

二階堂を送り出した後、いつものように家事をした。いつもより身体《からだ》が軽く、驚くほどスムーズに事が進む。

「フフ〜ン♪」

自然に漏《も》れる鼻歌に、自分がどれほど浮《う》かれているのかがわかって照れてしまい、でも、幸せだと思ってまた、鼻歌が漏れた。

告白されて、告白して、今日からお付き合いが始まる。

誰が見ても綺麗《きれい》で格好良い二階堂と付き合えるなんて、正直想像もしていなかった。

自分が好きで、それで、一緒《いっしょ》に楽しく暮らせる。それだけでも幸せだと思っていた悠里にとって、今回の二階堂の告白は夢よりも夢みたいな幸運だ。

もちろん、何の心配もないわけじゃない。誰かと付き合うこと自体が初めての悠里は、これから何があるのか想像するのも難しいし、自分と違《ちが》って経験豊富だろう二階堂の気持ちがどう変化するのかもわからない。

今は好きだって言ってくれていても、この先、やっぱり綺麗な女の人の方が良いって言われたら――。

「……」

悠里は洗濯物《せんたく》を干していた手を止めた。

(そうなったら……)

「……止《や》めよ」

まだ、お付き合い一日目で、もう別れてしまうことを考えるのはもったいないし、寂《さび》しい。今は、二階堂に付き合って楽しい、良かったと思ってもらうために頑張ろう。

「よし」

早々に家事を終えた悠里は、今日は充分余裕《じゅうぶんよゆう》をもって学校に行く。教室に入ると、ちょうど顔を上げた大谷と目が合った。

「よ」

「おはよう」

そう言えば、昨日二階堂に会わせたばかりだ。大谷の目に二階堂はどんなふうに映ったのか興味が湧《わ》いた。

「昨日……」

だが、悠里が切り出す前に、大谷の方が凄《すご》かったなと笑った。

「あんな美形、現実で初めて見た」

「現実って……和人さんは、普通の人だよ」

もちろん、二階堂の容姿が整っているのはわかっているが、それよりも彼の笑顔《えがお》の方が何倍も輝《かがや》いていて、見ているだけで胸が温かくなるのだ。まず容姿の話題が出たことに残念な気分になったが、続く言葉は意外なものだった。

「後、目が怖《こわ》い」

「え？」

昨日大谷と会った時、二階堂はずっと笑顔だった。あの顔を怖いなんて思うはずがない。

「気のせいじゃない？　和人さん、笑っていたし」

「……お前にはそう見えたんだ」

しみじみと言われ、首を傾げる。だが、大谷は自身の言葉を撤回《てっかい》しなかった。

「あれだけ目立つ人ってどんな人かって興味があってさ、ちょっと調べてみたんだけど」

「わざわざ？」

「だって、悠里はそんなとこ疎《うと》そうだし」

「別に、僕は疎くないよ」

ムッと口を尖らして反論したが、まあまあと笑われるだけだ。

「とりあえず、上手《うま》くいっているんならいっか」

言うだけ言って自己完結する大谷にどういうことか詰《つ》め寄ったが、単に個人的趣味《しゅみ》だからと言われてしまう。まさか、大谷も二階堂のことを好きになったんだろうか。

「ありえない」

「え……僕、何か言った？」

「表情でわかるって」

笑われて、慌《あわ》てて顔を触《さわ》ってしまった。感情が出やすいとは言われたことがあるが、そんなにわかりやすいのかと焦《あせ》る。

今はそんなに珍しいことじゃないかもしれないが、男同士で付き合うというのはやはり偏見《へんけん》はあるだろう。そうなると、学生の自分より、社会人の二階堂の方に大きな負担が生じるはずだ。

まだ付き合いたてで、どんな問題が起こるかわからないが、二階堂の綺麗な笑顔が消えないようにしたい。子供じみた綺麗な夢かもしれないが、悠里にとっての一番の願いはそれだった。


そうと決まれば、まず恋人《こいびと》としてやってあげたいこと、したいことを考えよう。

講義中、悠里はノートに①と書いた。

小説やテレビなどで見るのはほぼ男女のカップルなのであまり参考にならないかもしれない

が、好きな者同士が付き合っているという大きな意味では一緒だろう。

（まずは、お弁当……それと、ご飯の充実）
①　料理（お弁当を作る）
②　部屋の掃除《そうじ》（綺麗に保つ）
③　会話を増やす（会わなかったころの話も聞きたい）
④　デート（映画館、遊園地、動物園）
⑤　マッサージ（和君の疲《つか》れを癒《い》やす）
思いついたものを箇条書《かじょうが》きにして、それが実現可能なものかどうかを考える。デートは二階堂の都合もあるだろうが、その他は全部悠里主体でできそうだ。

（面白《おもしろ》い話って……あったかな）

自分としてはまあまあな学生生活を送っているつもりだが、二階堂にとっては退屈《たいくつ》な話にならないだろうか。

（……本屋さんに寄って帰ろう）

たぶん、楽しい会話の仕方が載《の》っている本もあるだろうし、万が一デートするとなった時、二階堂が恥《は》ずかしくないようなファッションもしなければならない。そうでなくても童顔な悠里と、大人の二階堂ではチグハグな印象になってしまいそうだし、絶対に二階堂が笑われないように準備は万全《ばんぜん》にしておきたかった。

（……あ、今日は炊《た》き込みご飯にしよう。和君、好きだし）

思いつく限り書いていくと、あっという間にページが埋《う》まっていく。それを見ているだけで楽しくなり、悠里は小さく笑ってしまった。

二階堂とのことを考えると楽しい。二階堂も、そう思ってくれたらいい。

講義中も、家への帰り道も、悠里は自分の足がフワフワと軽く感じていた。

「ただいま」

「お帰りなさいっ」

それは、二階堂が帰宅した時も続いていて、玄関先《げんかんさき》まで出迎《でむか》えた悠里を見た彼が目を細めて笑った。

「可愛《かわい》い顔して、良いことがあったのか？」

さらりと可愛いと言われてしまい、悠里は恥ずかしくて顔が熱くなる。でも、決して嫌《いや》ではなかった。

「ご、ご飯、もう食べられるよ」

「わかった。着替《きが》えてくる」

二階堂を部屋に送り、取って返して食事の仕上げをする。味噌汁《みそしる》は温めて、タイミングよく焼き上がった鮭《さけ》の塩焼きを皿にのせた。今日のメニューは全部和食だ。二階堂も箸《はし》がよく進むくらい好きらしいので、今日も頑張《がんば》って作った。

着替えてきた二階堂は、ダイニングテーブルに並べられたメニューを見て口元を緩《ゆる》める。ちょっと嬉《うれ》しそうかもと思うと、悠里も頬《ほお》が緩んだ。

「はい、どうぞ」

向かい合わせに座って食事が始まる。お互《たが》いの今日の出来事を話しながら食べる食事は美味《おい》しいし、旺盛《おうせい》な食欲を見せてくれる二階堂を見ているのも楽しい。

（でも、綺麗《きれい》に食べるなぁ）

見ていると、二階堂の箸遣《はしづか》いは綺麗なのはもちろん、食べ方自体もとても優雅《ゆうが》だ。悠里も母に厳しくしつけられた方だが、二階堂のレベルはそのもっと上、育ちが良いんだろうなとわかるほどだ。

そう言えばと、悠里は思う。

二階堂の家というか、家族がどんな人なのか、自分はよく知らない。父親同士が親友だというのは教えてもらったが、二階堂の父と会ったのも二回くらいで、しかも幼い時の記憶《きおく》はすでにおぼろげだ。

何年か前、父との会話の中で二階堂が家業を継《つ》ぐために頑張っているというようなことを聞いた覚えがある。それをそのまま解釈《かいしゃく》すると、将来二階堂は社長になるということなのだろうか。

それにしては、今はどこかの会社のサラリーマンだ。いずれ会社を辞《や》めて家に戻《もど》るということとなのか？

（あ……そう言えば、勤め先も知らない……）

二階堂との同居で頭の中がいっぱいで、彼の仕事に関して尋《たず》ねる機会は今までなかった。会社名くらいは知っておくべきかなと、悠里はタイミングを見計らって切り出す。

「和人さんの会社は、何ていうの？」

「……言ってなかった？」

「うん」

「じゃあ、こんどゆっくり話そうか」

どうやら、ゆっくり時間を取ってくれるらしい。悠里は二階堂について知ることがたくさんあると思うと、今から楽しみでしかたがなかった。


食事が終わると、後片付けは一緒《いっしょ》にする。これは二階堂から言い出したことで、悠里の家事の負担を減らすためだとはっきり宣言された。

悠里としては、片付けまでが一つの流れなので少しも苦でないのだが、なかなか家事ができない二階堂は悠里だけに負担を強《し》いていると気にしてくれているらしい。その気持ちは嬉しいので、「じゃあ、一緒に」と、話し合って決めた。

同居生活が始まった時、一緒に暮らすうえでのルール作りをした。その後も、こんなふうに気になることがあったら話すようにしたので、生活上の不便さはまったく感じていない。

「悠里」

今日も、一通り片付けたらくつろぎタイムで、リビングのソファに並んで座る。一緒にテレビを見たり、話したり。それぞれ別のことをしていても、家にいる時はできるだけ二人でいるようにした。

甘えっ子の悠里にはそんな時間が嬉しかったが、今日は少し落ち着かない。原因はわかっているのだ。

(きょ、今日から、恋人、だし)

同居人から、恋人。自分たちの関係が変化したせいで、同じように隣《となり》に座っていても、感じる空気感がまるで違《ちが》う。

(……確か、ちょっとだけ触《ふ》れて……)

今日の学校帰り、本屋に寄って《お付き合い》に関していろんな本を見てみた。実際に買って帰ると二階堂に見られてしまう恐《おそ》れがあるので、必死に頭の中に叩《たた》き込んだ。

その中に、付き合い始めはお互いの存在を認識《にんしき》するために、座る時隣《とな》りあったり、歩く時は手を繋《つな》いだら親密感が増すとあった。

隣に座ることは前からしているので、できれば手を繋ぎたい。

「……」

今、二階堂の手は……。

(……あ)

膝《ひざ》の上に置いている悠里の手に、二階堂の手が重なってきた。反射的に隣を見ると、じっとこちらを見つめている彼と目が合う。

(い、いつの間にっ?)

悠里が頭の中でシミュレーションしている間に、二階堂の方から行動してくれたらしい。二階堂も自分との距離感《きょりかん》に変化を持つようにしてくれたのだと思うと嬉しかったが、意識してしまえば重なる手に神経が集中してしまう。

初めは重なるだけだった二階堂の手は、しばらくして悠里の指と絡《から》められてキュッと力を込められた。大きな手にすっぽりと包まれ、体温まで混じりそうだ。

悠里のイメージでは、手を繋ぐというのは本当にそのままの意味で、こんなふうにしっかり指を絡めるという状態は想像していなかった。もちろん、嫌じゃない。嫌じゃないが、指の股《また》まで確かめるように撫《な》でられるのは予想の範囲外《はんいがい》だ。

(つ、付き合って一日目なのに……は、早くない?)

それとも、これが普通《ふつう》なのか。悠里は恥ずかしさで熱くなったのをごまかすようにコホンと咳《せき》ばらいをした。

「どうした？　喉《のど》が渇《かわ》いた？」

「う、うん」

「じゃあ、これ飲む？」

そう言いながら、二階堂はローテーブルに置いてあったコーヒーを見る。

二階堂のために入れたコーヒーはブラックで、悠里には苦くて飲めない。だが、せっかく二階堂が勧《すす》めてくれたのだ、ここはと素直《すなお》にカップを手に取って一口飲んだ。

（……にが……）

さすがに二口目が続かない悠里が途方《とほう》に暮れていると、くっと堪《こら》えきれない忍《しの》び笑いと共にカップを取られてしまった。

「悪い、からかったんだが……」

どうやら二階堂は冗談《じょうだん》のつもりだったらしいが、悠里が言葉通りに受け止めてしまったらしい。どうせ飲めないんだろうとでも言いたげな響《ひび》きに少しだけ反論しようと隣を見た悠里は、思いがけず熱を孕《はら》んだ眼差《まなざ》しで自分を見ている二階堂に身体《からだ》が固まった。

いつもの、からかうような顔をしていると思っていたのに、こんなふうに愛《いと》しいものを見るような目なんて反則だ。そうでなくても、再会してパワーアップしている二階堂の美貌《びぼう》を真っすぐ見るのは気力が必要なのに、その上別の熱を孕んでいるなんて。

（ど、どうしよ……）

……いたたまれない。けして嫌《いや》ではないが、互いの気持ちを知ってしまったせいか、艶《つや》っぽい眼差しの中の熱の意味もわかってしまい、それでも初心者の悠里はどう反応していいのかわからないのだ。

気がつくと、部屋の中が今までにないくらい濃密《のうみつ》な雰囲気《ふんいき》に満たされている。

このままだと、許容しきれない自分がどんな失敗をしてしまうのかわからない。悠里は焦《あせ》って、

「そ、そうだっ」

この場にはそぐわない大きな声をあげてしまった。

「悠里？」

「ぼ、僕、今日、やりたいこと考えてみたんだ。えっと、こ、恋人同士《こいびと》に、なれたけど、僕……こういうの、初めてで、あの、だから、和人さんも、何か僕にしてほしいこと、ない？　話し合いはした方がいいんだよね？」

苦し紛《まぎ》れの話題逸《そ》らしだったが、口にしてみると確かにそうだと思った。自分のやりたいことばかり押し付けるんじゃなく、二階堂の希望も最初にちゃんと聞いておきたい。

「待っててっ」

悠里は立ち上がり、案外簡単に解放されたので部屋に急いだ。今日の講義中に思い浮《う》かんだ

《したいことリスト》を書いたノートは鞄《かばん》の中に入っている。

取り出して、ペンと一緒にリビングに戻ると、さっきまでの濃密な空気が霧散《むさん》しているのを肌《はだ》で感じる。悠里はホッとして、二階堂の隣に再び座ってノートを開いた。

「これ」

二階堂はノートを持ち上げ、ゆっくり視線を走らせる。どう思っているのか、その反応を息を詰《つ》めて見ていた悠里は、次第《しだい》に綻《ほころ》んでいく二階堂の表情に首を傾《かし》げた。

（おかしいことなんて書いてないはずだけど……）

すごく真面目《まじめ》に考えて書いたはずなのに、どこがそんなに面白《おもしろ》いのだろうか。

気になるが、まずは二階堂が読み終わるのをおとなしく待っていた。

「……これって」

「お、おかしいのあった？」

自分ではわからないが、二階堂にとって引っ掛《か》かる項目《こうもく》があったのだろうか。恐々《こわごわ》聞き返すと、ノートをテーブルに置いた二階堂が文字を指先でなぞりながら笑《え》みを含《ふく》んだ声で言った。

「恋人同士っていうより、新婚《しんこん》家庭ですることみたいだな」

「……え？」

「料理とか、掃除《そうじ》とか……マッサージとか。新妻《にいづま》が頑張《がんば》ってすることに見えないか？」

指摘《してき》されて、悠里はまじまじとノートを読み返す。書いていた時はまったく不思議に思わなかった。二階堂に喜んでもらいたくて、自分にもできることをと考えたくて書いてみたのが、まさか新婚家庭にも通じるとは。

（……ど、どうしよ……）

しかし、改めて見れば、恋人同士になって一日目に考えることではなかったかもしれない。

「ご、ごめんなさい、僕……」

呆《あき》れられてしまった。悠里は一気に恥《は》ずかしくなってノートを隠《かく》そうと手を伸《の》ばすが、その手はノートに届くことなく二階堂に摑《つか》まれてしまった。

無意識にその手に視線を向ければ、ごく自然な仕草で二階堂が自身の口元まで持っていき、ちゅっと軽くキスをされる。

「！」

されたのは指だが、キスに間違いない。悠里は咄嗟《とっさ》に手を引こうとするが、握《にぎ》る二階堂の力は意外に強く、強引《ごういん》に振《ふ》り払《はら》うこともできない悠里は、キスされた個所《かしょ》がじんわり熱くなっていくのに狼狽《うろた》えるしかなかった。

「か、和人さん、あの、手……」

「恋人同士だろう？　俺たち」

「こ、恋人、だけどっ」

いくら何でも、ペースが速すぎだ。

いつも優《やさ》しく、悠里のことを気遣《きづか》ってくれる二階堂の予想外の強引さに戸惑《とまど》い、悠里は何度も握られた手と、目の前の美貌の主を見る。

（……綺麗《きれい》……）

いつも変わらぬ美貌が、心なしか今夜はもっと磨《みが》きがかかっているように見えた。それだけではない。向けられる眼差しはいやに艶っぽく、悠里は背中がぞくっと震《ふる》えた。

さすがに悠里も、寒さでそうなっているなんて無知なことは思わない。それでも、頭の隅《すみ》をかすめた考えを信じたくないほどには初心《うぶ》だった。

「悠里」

「ひゃっ、はいっ」

裏返った声にさらに顔が熱くなると、二階堂はふっと笑みを深める。その顔は、悠里が見たことのない男のようだった。

「……これは、入らないのか？」

「……え？」

「恋人なら、キスするのも当然だろう？」

「キ……ス？」

（これって……普通？）

確かに、小説でもテレビでも、恋人同士は当たり前のようにキスをする。常識ではわかっているが、まだ付き合いたてホヤホヤの自分たちに当てはまるとは思いもしなかった。

(恋人同士になったら、キ、キスも、普通にするんだ……え、僕、和君、と?)

幼い恋心がようやく叶《かな》ったと思ったら、意外に……早い。

「……」

悠里の返事を待たないまま、二階堂が身を乗り出してくる。受け止めようと思ったのに、悠里は無意識にソファの後ろに後退《あとずさ》った。

「ち、違《ちが》うからっ」

「違う?」

「い、嫌じゃなくて、そのっ、ちょっとだけ……」

「ちょっとだけ?」

「ちょ、ちょっと……」

いつもの二階堂ならこの辺りで許して解放してくれるはずなのに、なぜか今日の彼は悠里の怯《おび》えを許してくれない。

「あ……」

もう一回後ろにずり下がると、ソファに置いていた手が滑《すべ》ってそのまま仰向《あおむ》けに倒《たお》れてしまった。次の瞬間《しゅんかん》には、身を乗り出した二階堂の顔が間近に迫《せま》る。

ゆっくりと近づいてくる綺麗な顔を茫然《ぼうぜん》と見つめていると、

「こういう時は目を閉じるものだ」

目は、閉じるものなのか。

素直に瞼《まぶた》を閉じた少し後、ふわりと柔《やわ》らかなものが唇《くちびる》に触《ふ》れた。

(……キス、だ)

悠里のしたいことリストには書いていなかったが、これが二階堂のしたいことなのだとすんなりと納得《なっとく》できた。

すぐに離《はな》れた唇が、今度は額に触れた。次は、頬《ほお》。次は、鼻。

軽く押し当てられるだけのそれはくすぐったくて、悠里は思わず口元を緩《ゆる》める。すると、

「……っ」

もう一度唇に重なってきたそれは、今度はすぐには離れていかなかった。

「……んっ」

軽く下唇を食《は》まれ、離れたかと思えば角度を変えて重なってきて。まるでからかうように、遊ぶように触れるそれはまったく怖《こわ》くなく、むしろ、悠里はもう少し深いキスでもいいのにと思った自分のエッチさに恥ずかしくなる。

やがて、唇の感触《かんしょく》がなくなった時、恐々目を開けた悠里は、隙《すき》をつくようにもう一度キスしてきた二階堂に驚《おどろ》いた。

「恋人でも新妻でも、俺の可愛《かわい》い悠里だから」

「……っ」

これって、殺し文句じゃないのか。

本当に嬉《うれ》しそうに笑う二階堂に、悠里はただコクコクと頷《うなず》くことしかできなかった。

# 第四章

恋人同士《こいびと》になって、初めての日曜日がきた。

二階堂から行きたいところはないかと聞かれていたが、悠里は家でまったりと過ごすことにした。毎日忙《いそが》しく働く二階堂にゆっくり休んでもらうためだ。

何もせずぼうっとしてもらうつもりだったが、せっかく二人いるんだからと、二階堂は朝から家事を手伝ってくれた。悠里も二階堂も汚《よご》す方ではなく、整理整頓《せいとん》もする方なので掃除はあっという間に終わる。

洗濯《せんたく》も風呂《ふろ》掃除も手分けして終えた時には、まだ昼までずいぶん時間があった。

「ほら」

「……」

庭に面したフローリングの上にクッションを置き、それに座った二階堂が悠里に向かって両手を広げている。たぶん……ここに座れということだ。

二階堂が望むなら……なにより、悠里も二階堂の側《そば》にいたいので、思い切ってその膝《ひざ》の上に後ろ向きに座る。時間を置くことなく腹に回ってきた長い腕《うで》と、肩《かた》に伸《の》し掛《か》かる重み、頭上から は機嫌《きげん》の良い鼻歌が聞こえてきた。

どうやらこの行動は間違いないみたいだ。

昔は自分の方からくっついていた記憶があるが、こうしてみると二階堂も案外スキンシップが好きなのかもしれない。

「悠里」

「……なに？」

「俺も、したいことを考えた」

「え？」

一瞬意味がわからなかったが、すぐにそれが数日前見せた自分のノートのことを言っているのだと気づいた。ついでに、そこから初めてキスしたことも思い出してしまい、悠里は二階堂の膝の上にいることが急に恥ずかしくなる。

しかし、しっかりと腹に回った腕はそれを許してくれなかった。

「まずは、デート」

「デ、デート？」

「悠里とデートがしたい。映画でも、遊園地でも」

悠里のノートに書いたことを口にする二階堂に、思わず笑ってしまう。

「僕、ただ町を歩くだけでもいいよ」

「行きたいところはないのか？」

「……人の多いとこは……ちょっと」

映画はネットでも観《み》られるし。遊園地の絶叫《ぜっきょう》系の乗り物は苦手だ。それに、大勢の人がいると絶対に二階堂が目立って、困った状態になってしまいそうだ。声を掛けられたり、無断で写真を撮《と》られたり。二階堂が嫌《いや》な思いをする可能性があるのなら、外でのデートはしなくていい。

「……ドライブならいいか」

少し考えた二階堂からの提案に、悠里はすぐに頷いた。

「うんっ、ドライブは楽しそう。和人さん、運転するの？」

「嫌《きら》いじゃないな。移動は公共の乗り物が便利だけど」

運転する二階堂……うん、想像するだけでも格好良い。

「それと、マッサージも」

「マッサージ……でも、肩を揉《も》むくらいしかできないけど……」

悠里は見下ろす腕に手をかけた。スレンダーな体付きなのに、意外にしっかりと筋肉がついている。

（……ん～）

今度はポスンと背中を預けてみた。背中越《ご》しに感じる胸板《むないた》は、やっぱり想像以上に鍛《きた》えているみたいだ。

(すごいなぁ……僕も鍛えたら、こんなふうにちゃんと筋肉がつくかな)

眼下の腕を揉んでいると、こらと甘く叱《しか》られた。

「自分から狼《おおかみ》の口の中に入るような真似《まね》はやめろ」

「狼？　何？」

意味がわからなくて首を傾《かし》げると、髪《かみ》が二階堂の首筋に触れたのかくすぐったいとクックッと笑い声が聞こえてくる。

とりあえず、悠里は身体《からだ》を起こした。

「それと」

どうやら、二階堂の要求はまだ続くらしい。今度は何を言われるのか、悠里は聞き逃《のが》すまいとしっかり聞く体勢をとった。

「膝を貸してくれる？」

「え？　ひ、膝？」

――そして。

どうしてこうなったのか。

悠里は自分の膝を枕《まくら》に眠《ねむ》っている二階堂を見下ろした。

「恋人同士なら、膝枕は鉄板だろう」

そう言って、座っている位置を入れ替えさせられたかと思うと、両足を伸ばすように言われ、その場に横になった二階堂が腿《もも》に頭をのせてきて……すぐに眠ってしまった。

（こんなに早く寝《ね》るなんて……相当疲《つか》れているのかな……）

悠里は、二階堂がどんな会社に勤めているのか知らない。ただ、どんな規模でも、職種でも、きっと大変だろうと思う。その上、悠里と同居するようになって、帰宅時間は午後七時から八時に固定になってしまったので、そのぶん仕事を詰《つ》め込んでいるのではないか。

二階堂が万能《ばんのう》だとわかっているが、彼だって人間だ。疲れは溜《た》まっているだろう。

「……和君」

寝心地《ねごこち》が悪いだろうに、一向に目覚める様子のない彼の額にかかる髪をそっと撫《な》でて整えてやると、覗《のぞ》く顔にはやはり昔の面影《おもかげ》がある。すごく綺麗《きれい》だし、見違《みちが》えるほど格好良い大人の男になったが、眠った顔は幼くも見えて、ちょっと可愛かった。

「この家では、もっと気を抜《ぬ》いて良いんだよ……？」

小さな囁《ささや》きは、きっと二階堂の耳には届いていないだろう。

答えてくれないのも当たり前だと思いながら、悠里はぼんやり考えた。それは、二階堂が言っていた、彼のやりたいことだ。

デートをしたいと言っていた。ドライブデートがいつになるのかわからないが、その時はお弁当を作って持っていこうと思う。でも、行った場所でその土地の名物を食べるのも楽しいかもしれない。

「マッサージって、言ってたっけ……」

まさか、本格的なものではないだろうが、ある程度の勉強もした方が良いだろうか。

「他《ほか》には、どんなことをしたらいいのかなぁ」

恋人同士なら当然すること、したいこと。本でも読んだが、あれはあくまでも一般論《いっぱん》だろうし、二階堂の求めていることがしたいので、あまり参考にならないかもしれない。

まだまだ、恋人になって数日。でも、その前から二階堂は悠里を甘やかしてくれるし、可愛《かわい》がってくれている。そこに、今では少しずつ、鈍《にぶ》い悠里にもわかるほど甘い雰囲気《ふんいき》が滲《にじ》んでくるようになった。恥《は》ずかしいが、嬉しいし、でも、恥ずかしい。

（……今までの恋人さんにも、同じように優《やさ》しかったのかな……）

自分が女だったらよかったと思ったことはないが、男同士で、いくら好きでも結婚《けっこん》はできない自分たちのことを考えたら……そこまでぼんやりと想像し、ハッと気づいて慌《あわ》てて首を振《ふ》った。

（け、結婚とか、早いって……っ）

まだ付き合ったばかりだというのに、結婚まで考えてしまうなんてどうかしている。

ついさっき、男同士では結婚できないと考えていたのに、付き合った長さとか考える自身の意識のブレに焦《あせ》った悠里は気づかない。

「……和君のお嫁《よめ》さんは……幸せだろうなぁ」

口から零《こぼ》れた言葉は無意識のものだったが、不意に伸びてきた指に頬《ほお》を撫でられ、悠里は驚《おどろ》いて肩を揺《ゆ》らした。

「……和、人さん？」

目の前の目が開き、嬉《うれ》しげに細まるのが見えた。

「俺は、悠里にお嫁さんになってほしいな。すごく可愛がるし、絶対に幸せにする」

「か、和人さん……」

頬にあてられた指が後頭部に回り、優しい強引《ごういん》さで引き寄せられる。

（……キス、される）

唇《くちびる》が重なる瞬間《しゅんかん》目を閉じたせいか、少しだけずれてしまった唇に、二階堂が吐息《といき》で笑ったのがわかった。


次の日曜日、悠里はソワソワとしながらリビングの中を歩き回っていた。

（後、どのくらいだろう……）

「ドライブに行こう」

金曜日、二階堂からドライブに誘《さそ》われた。天気も良いらしく、少し遠出をしようと言われ、悠里はすぐに弁当作りに立候補した。元々、お弁当を作りたいと思っていたし、ちょうどいいきっかけだと思ったからだ。

二階堂にも楽しみにしていると言われて、昨日は買い出しや下ごしらえに忙《いそが》しく動き回り、心配した二階堂に手伝いを申し込まれてしまった。でも、自分が作った物を食べてもらいたいと思っていたため、大丈夫《だいじょうぶ》だからと遠慮《えんりょ》する。その上、何を作るのか内緒《ないしょ》にしたくて、その日の二階堂のキッチンへの出入りは禁止にしたくらいだ。

天気予報の通り青空が広がった今日、二階堂は先に出かけている。実家に車を取りに行っているのだ。ここにも駐車《ちゅうしゃ》スペースはあるが、父の車が停《と》まっているので二階堂は自身の車を持ってきていない。今日は家の人が途中《とちゅう》まで持ってきてくれるらしく、それを受け取りに行っていた。

(家の人って、誰《だれ》だろ?)

まさか親がわざわざ持ってくるとは考え難《にく》いので、それなら二階堂の兄弟の誰かが……。

(……兄弟、いるのかな……)

そう考えて、落ち込む。ごく基本的な情報も知らないなんて、恋人《こいびと》としては失格じゃないか。

……いや、そういういろんなことを話すのが今日のデートだ。

「……よし」

弁当の用意ができて、悠里は急いで着替《きが》えた。今日は町中に出る予定はないので、大学に行く時とあまり変わらない格好だ。今朝出かけた時の二階堂はどうだっただろうか。一緒《いっしょ》にいてもおかしくない格好ならいいと考えていると、玄関《げんかん》のインターホンが鳴った。

二階堂が帰ってきたのだ。悠里は急いで出迎《でむか》えに玄関に行った。

「ただいま、遅《おそ》くなった」

「ううん、タイミングバッチリだよ」

お弁当がちょうどできたところだと言えば、二階堂は良かったと笑ってくれる。

いったい、二階堂はどんな車に乗っているんだろう。ワクワクしながら弁当を持って家の外に出た悠里は、玄関前に停めてある車を見て足を止めた。

「……これ、和人さんの……車？」

「一応、乗り心地の好《よ》い方を選んだんだが」

「……」

(それって、一台じゃないってこと？)

車にさほど興味がない悠里でも、その車が有名な外国車だというのはわかる。一見目立たないが、革張《かわば》りの内装を見るとずいぶん高価な車じゃないのかと思った。普通《ふつう》のサラリーマンが所有するには、少し……。

(そういえば、一台じゃないんだよな)

少なくとも、車を二台持っているし、考えたらいつも着ているスーツは彼の身体《からだ》にピッタリなオーダーメイドだと言っていた。

「悠里？」

助手席を開けて、悠里が乗るのを待ってくれている二階堂に、慌てて礼を言って乗り込んだ。新車ではないみたいだが、やはり重厚感《じゅうこうかん》がある。父の愛車のファミリーカーとはまったく違う雰囲気に、悠里はおずおずと尋《たず》ねてみた。

「これって……和人さんの、だよね？」

「ああ。どうしても欲しくて、結構無理して買ったんだけどな。最近は乗ってやれなかったから、今日は喜んでいるみたいだ」

そう聞いて、妙《みょう》に安心した。車好きな人は一定数いて、その人たちは高くても自分の好きな車を買い、長く乗る人も少なくないはずだ。悠里から見れば高級車なこれも、きっと二階堂は頑張《がんば》って買ったのだろう。

「行きたいところはある？」

運転席に座った二階堂に尋ねられた。反射的にどこでもいいと言いかけて、悠里は考え直す。

「……富士山、見たい」

純粋に富士山を見たいかと言えば、それくらい長くドライブをしたいという気持ちの方が強い。

「富士か……よし」

車は走り出した。

日曜日だが、都内はやっぱり混《こ》んでいる。渋滞《じゅうたい》は歓迎《かんげい》しかねるが、今日はドライブデートだ、この時間も楽しむことにした。

「和人さん、僕、和人さんに聞きたいことがあるんだ」

「聞きたいこと？」

赤信号で車を止めた二階堂が視線を向けてくる。

「兄弟はいる？」

「ああ。一歳上の姉が一人。もう結婚していて、今は海外に住んでいる」

「お姉さんがいるんだ……」

それはまったく想像していなかった。

「どんな人？　和人さんに似てる？」

男の二階堂もこんなに綺麗《きれい》なのだ、女性ならそれこそ絶世の美女だって言われてそうだ。

「どうだろうな。本人は絶対に似ていないって言い張ってるけど」

「似てない？」

「……残念？」

「残念っていうか……和人さん以上に綺麗な人は想像できないし……。姉弟《きょうだい》でも似ていないっていうのはよく聞くし」

途中、なぜか低い声音《こわね》になった二階堂だったが、悠里の返事にそうだなと、いつものように柔《やわ》らかく言ってくれる。お姉さんと似ているなんて、女顔だって言われているみたいであまり良い気はしなかったのだろう。

でも、姉弟の有無《うむ》が知れた。今日の目的の一つをクリアだ。

それから高速道路に乗り、静岡方面を目指す。車の流れもスムーズで、良い天気だからつい浮《う》かれて窓の外を見つつ鼻歌が漏《も》れた。

ついこの間まで、自分が誰かと付き合うなんて考えもしなかった。人見知りで、女の子相手にはいつも必要以上に緊張《きんちょう》する自分は、恋愛《れんあい》どころか将来見合い結婚《けっこん》するのも危《あや》ういなと思っていたのだ。

でも、悠里の世界は二階堂と再会して一変した。誰かを好きになること、誰かに好かれること。

人の唇が柔らかいこと。

欲を伴《ともな》った視線が熱いこと。

すべてを受け止めるにはまだまだ自分は子供だ。それでも、一度伸《の》ばした手を、握《にぎ》られた手を、放したくはないと強く思う。

悠里はチラッと運転する二階堂の横顔を見た。

（……和君も、ニコニコしてる）

いつも見惚《みと》れるほど綺麗な顔が、今日は悠里の欲目ではなくさらに輝《かがや》いて見える。今日のドライブは、二階堂にとっても良い気分転換《てんかん》になったみたいで良かった。

「和人さんばっかり運転させてごめんね」

「悠里は弁当を作ってくれただろう？　食べるの、楽しみにしてる」

「うん」

悠里は弾《はず》むように頷《うなず》く。途切《とぎ》れない会話をしているうちに、最初に車を見た時の衝撃《しょうげき》はとっくに消え去っていた。

「あ、あんまり遠くに行かなくていいからね？　和人さん、明日も仕事だし」

そこまで言った悠里は、ふと、二階堂がどんな会社に勤めているのか興味が湧《わ》いた。高校生の時から優秀《ゆうしゅう》だった彼だ、きっと良いところに勤めているんだろうなと漠然《ばくぜん》と想像する。確か、前に落ち着いたら仕事のことも話してくれると言っていたので、今日がちょうどいい機会かもしれない。

「和人さんは、どんな会社に勤めてるの？」

「……株式会社エィカ」

「えいか？　……ゲームのＣＭで同じ名前を見たことある」

「それ、うちの商品。そっちの社名はアルファベットの《ＡＩＫＡ》だけどね」

「え？」

《ＡＩＫＡ》はここ数年で飛躍的《ひやく》にヒット作品を連発しているゲーム会社で、その母体は確か世界有数の精密機械を販売《はんばい》している会社のはずだ。

上場している優良企業《きぎょう》で、他《ほか》にもいろんな分野に進出しているというのは悠里でも知っている情報だった。

「そんな凄《すご》い会社に勤めてたんだ」

やっぱり二階堂は凄いと純粋《じゅんすい》に賛美すると、彼は僅《わず》かに口元を歪《ゆが》めた。

「親の会社だからな。俺が凄いわけじゃない」

「え？　親の会社？」

「言ってなかったか？」

「和人さんの実家は商店じゃないの？」

「え？」

「え？」

二階堂の驚《おどろ》いた声に、かえって驚く。だが、確か父は二階堂が家業を継《つ》ぐと言っていなかったか？　その言葉に、悠里はてっきり二階堂の実家は商店をしていると思い込んでいたが、それならば家業というのは――――。

「……和人さん、そんな大きな会社を継ぐってこと？」

「……驚いた？」

「……びっくりした」

想像するのにもあまりに規模が大き過ぎて、二階堂の実家がどれだけ凄いのかまったく現実味がない話だ。だが、それならば二階堂が車を何台も持っているのも、スーツがオーダーメイドなのも納得《なっとく》できた。

（……そ、そんなに凄い実家があるのに、僕なんかの家にいていいのかな……）

本来、二階堂は高級なタワーマンションで暮らすのが似合うんじゃないか。食べるものだって、悠里の手作りの家庭料理ではなく、高級レストランでの食事が……一気に襲《おそ》ったとんでもない情報に、悠里は膝《ひざ》に載《の》せているごく普通の弁当箱を隠《かく》したくなった。

すると、スムーズに走っていた車が急に止まり、運転席の二階堂が顔を覗《のぞ》き込んでくる。不安で歪んでいるだろう顔を見せたくなくて俯《うつむ》こうとしたが、その顎《あご》を強い指先が押し止《とど》めた。

「つまらないことを考えるな」

「……」

「俺の家のことは、俺たちとはまったく関係ない。俺は悠里が好きで付き合っているし、悠里の作ってくれる料理や、居心地《いごこち》の好《よ》いあの家が好きだ」

悠里が考えていたことを頭から否定され、二階堂に抱《だ》き寄せられる。

「ようやく、俺のものにできたんだ。俺から離《はな》れようなんて思うなよ」

言葉と共に、唇《くちびる》が重なってきた。少し性急で強引《ごういん》なそれは、悠里の躊躇《ためら》いや弱さまで奪《うば》い尽《つ》くそうとするくらい強い。

「……っ」

苦しくなって僅かに喘《あえ》ぐと、開いてしまった隙間《すきま》から舌が入り込んできた。

(なっ、こ、これっ)

驚いて、それ以上に初めて口の中に他人を迎《むか》えることに怯《おび》える悠里の舌を追いかけ、肉厚の舌が絡《から》まってくる。歯列をなぞられ、唾液《だえき》を注がれて、どうしたらいいのか混乱している間に口中に溜《た》まったそれを無意識に飲み込んだ。

(く、苦し……っ)

こんなに濃厚《のうこう》なキスは初めてだ。

恋人《こいびと》になったが、まだまだ不慣れな悠里の心の歩みに添《そ》ってくれていた二階堂のキスは、いつだって優《やさ》しく、温かいものだった。だが、このキスは違《ちが》う。まるで二階堂という存在を刻《きざ》み付けるように激しく、濃厚で、悠里の躊躇いなど圧倒《あっとう》的な存在感で消そうとしているようだった。

「……んふ……」

ようやく唇を解放された時、悠里は大げさではなく意識が朦朧《もうろう》としていた。抱きしめてくれる二階堂の腕《うで》に縋《すが》り、何度も浅い呼吸を繰《く》り返す。

「……俺がどれだけ悠里を欲しいと思っているか……わかったか？」

「……」

これほどまで求められて、それでもわからないなどと言えるはずがない。悠里は二階堂の肩《かた》に顔を埋《うず》めて小さく頷いた。

＊＊＊

もしかしたらと思わないではなかったが、悠里が本当に二階堂の家のことをここまでまったく知らなかったとは。

せっかくのドライブデートは、予定よりもずいぶん早く切り上げた。

二階堂は今風呂《ふろ》に入っている悠里のことを思い、深い息をつく。

いつも、家は家、自分は自分。実家の力など自分には関係ないとさえ思っている二階堂だが、その実家の力がプラスではなくマイナスに作用することまでは考えていなかった。

昔から悠里はおとなしく、人見知りが激しくて、いつも極力目立たないようにしていた。二階堂の目にはそんな小動物のような悠里も可愛《かわい》くて、このまま性格も変わらなくて構わないと思っていたくらいだ。

再会し、大学生になった悠里は、二階堂が願った通りあの当時のまま――いや、想像以上に純粋に育ったらしい。二階堂の実家の力を利用しようとも、甘い汁を吸おうとも思わないと同時に、その力を怖《こわ》いと、逃《に》げようと思ってしまうとは。

他の誰《だれ》が逃げても構わないが、悠里だけは逃がしてやることはできない。ようやく、この手にできたのだ。

しばらくして、風呂から上がった悠里がリビングにやってきた。

「お、お先に」

昼間の話をまだ引きずっているのか、悠里の笑顔《えがお》は少しぎこちないが、それでもちゃんと笑いかけてくれたことに内心安堵《あんど》した。

パジャマ姿で、濡《ぬ》れた髪《かみ》をタオルで拭《ぬぐ》っている悠里の姿は微笑《ほほえ》ましい。柔《やわ》らかな癖毛《くせげ》は濡れているせいで少ししんなりとしているが、悠里の可愛らしさは少しも損《そこ》なっていなかった。

「座って」

促《うなが》してソファに座らせ、背後に回ってタオルで髪を拭ってやる。拭《ふ》いただけではクシャクシャなままの髪を見下ろし、二階堂はそっと唇を落とした。

「……っ」

何をされているのかわかっているのだろう、細い肩が大きく揺《ゆ》れる。その反応に、二階堂はわざとゆっくりタオルを動かし、時折掠《かす》めるように耳元に指を触《ふ》れた。

「も、もういいよ、自分で……」

「いいから」

時間が許すなら、悠里の世話は自分がしたいのだ。こうして髪を拭いてやるだけでなく、全身を綺麗《きれい》に洗ってやりたいし、食事も食べさせてやりたい。自分に依存《いそん》させ、他の誰にも目がいかないように……そんなギリギリのことを考える己《おのれ》の強欲《ごうよく》な独占欲《どくせんよく》に気づいたのはそんなに昔のことではない。

きっと、その対象である悠里に再会したからだろうが……そんな自身の執着《しゅうちゃく》の的にされた悠里は可哀想《かわいそう》だが、幸い悠里は自分のことを想《おも》ってくれている。悠里の方も望んで側《そば》にいてくれるので、かえって二階堂の自制も利《き》いているのだ。このまま、できれば優しい腕で抱きしめていたいと思う。

半乾《はんがわ》きになった髪の間から、白くて細いうなじが見えた。吸い寄せられるように顔を下ろし、チュッと軽く吸うと、悠里がひゃぁっと間抜《まぬ》けな声をあげる。

「い、今のっ？」

「ん？」

「か、和人さん？」

戸惑《とまど》いが強い声に苦笑《くしょう》し、二階堂はようやく手を止めて悠里の隣《となり》に腰《こし》を下ろした。

「えっと、あの」

「マッサージ」

「マッサージをしてくれるって書いていたけど、俺がしてやろうか？」

「……へ？」

「マッサージ？　で、でも、確かに書いたけど、僕がしてもらうんじゃなくて」

悠里は焦《あせ》って止めようとするが、悠里の気持ちが揺れた今日はもっと触れ合いたい。

二階堂はそのまま悠里の腕を引き、華奢《きゃしゃ》な上半身が自身の膝に乗り上げる体勢にした。手際《てぎわ》が良かったのか、悠里はただなすがままに俯《うつぶ》せ状態になる。

「力を抜いて」

わざと声を落として囁《ささや》けば、二階堂の声を気に入っている悠里の身体《からだ》からは見事なほど力が抜ける。その素直《すなお》さに笑みを深めたまま、二階堂は細い腰に手をやった。

「勉強はどうだ？」

「い、今のところは、大丈夫《だいじょうぶ》。まだ、慣れないけど……」

「友達は？　できたか？」

「……少し、話しただけ」

この機会に、普段《ふだん》はわからない大学での生活を尋《たず》ねる。二階堂自身、高校から大学に進学すると一気に交友関係が広がったので、悠里はどうだろうかと思ったのだ。案の定、人見知りのある悠里はなかなか友人ができないらしい。悠里のためを思えばアドバイスをした方が良いのだろうが、二階堂個人としてはあまり親しい人間を作ってほしくないので、無理をしないように言うにとどめた。

しかし、そうなるとあの夜、初めて悠里と外食をしようとした日にわざわざ待ち合わせ場所についてきた男のことが気になった。おとなしい悠里とはあまり合わない、遊び慣れた雰囲気《ふんいき》を持った男だった。高校時代からの友人だとは言っていたが、どのくらい親密なのだろうか。

正直に尋ねて、嫉妬深《しっとぶか》い男だと思われたくない。あくまで悠里が憧《あこが》れる大人の男という立場は崩《くず》さないように細心の注意を払《はら》った。

「この間会った彼とは、同じ講義を取っているのか？」

「大谷のこと？　うん。学部も同じだし、僕、人と話すのが苦手だったから、間に入ってくれて凄《すご》く助かったんだよ。大学まで一緒《いっしょ》だとは思わなかったし、驚《おどろ》いたけど、いてくれて安心もしたんだ」

恥《は》ずかしそうに言う悠里は可愛いが、話している内容はあまり面白《おもしろ》いものではない。

大人の余裕《よゆう》というものはある方だと思うし、悠里の自分への気持ちも信じているが、それでも今一番悠里の近くにいる男だ、用心に越《こ》したことはない。

「そうか。そんな友達がいてよかったな。でも、少し妬《や》ける」

「え？」

「悠里に信頼《しんらい》されているんだろう？」

わざと軽い口調で言うと、悠里も冗談《じょうだん》だと思ったらしい。愛らしく笑い、それでも、すぐに嬉《うれ》しい答えをくれた。

「一番信頼しているのは和人さんだよ？」

「……知ってる」

膝《ひざ》の上で、悠里が笑っているのが振動《しんどう》で感じ取れる。同じ男とは思えないほど細く、どこか柔らかな身体を心地好《ここちよ》く思いながら、二階堂は足の付け根に手を滑《すべ》らせた。さすがに際《きわ》どい場所なので、目に見えて身体が緊張《きんちょう》した。

「も、もう、いいから」

悠里は焦って身を起こそうとしたが、無造作に身体を動かしたせいで下肢《かし》が二階堂の膝にこすれる。ほんの僅《わず》かな刺激《しげき》だろうが、初心《うぶ》な悠里には充分《じゅうぶん》な刺激になったようだ。

「……っ」

パジャマ越《ご》しに変化した個所《かしょ》を知られまいと腿《もも》を合わせたせいでバランスを崩し、膝から落ちそうになった身体を抱《だ》きとめた。

「悠里」

「ご、ごめんなさい、僕、あのっ」

必死に謝る姿が小動物のようで可愛い。男というのは即物《そくぶつ》的で、刺激には素直に反応する。若いほどそれが顕著《けんちょ》で、謝ることなんてないのだ。

それよりも、二階堂はどこか安心していた。まだ幼さが残っていて、性欲なんてないのかとどこかで思っていたが、こうして刺激すればちゃんと反応する身体があるということは、この先の関係も望んで良いと希望が持てる。

二階堂は抱きかかえた身体の向きを変え、悠里の顔を覗《のぞ》き込む。羞恥《しゅうち》のため か両手で顔を隠《かく》しているが、見える耳や頰《ほお》は真っ赤だ。

「悠里」

名前を呼んでも返事をしてくれない。

「顔を見せてくれないか」

「……やだ」

「どうして？　俺は悠里の顔が見たい」

強請《ねだ》るように言えば、少しして僅かに指が動く。でも、それではまだ悠里の顔が見えない。

「キスしたい」

ストレートに欲をぶつけると、悠里はプルプルと首を振《ふ》った。

「だ、駄目《だめ》っ」

「どうして？」

「だ、だって、だって、今キスしたら……」

今キスしたら、もっと欲情してしまうからだろうか？　そうなっても構わないのに、恥じる悠里はどうにかして逃げようとまだ足掻《あが》く。そんな動きを押し止《とど》めるのは——。

「本当に……駄目か？」

耳元で囁くと、悠里の動きが止まった。それからかなり時間が掛かったが、顔から手を離してくれる。その行動だけで受け入れてくれているのだと思えて、二階堂は緩《ゆる》む口元を隠さなかった。

「好きだ、悠里」

そのままの気持ちを告げると。悠里も微《かす》かに答えてくれる。

「……僕も」

もう、待たなかった。最初は軽く押し当てた唇《くちびる》を、今度は深く合わせて舌で唇をくすぐる。もう何度も舌を絡《から》ませるキスをしたので、悠里はおずおずと唇を開いて二階堂の舌を迎《むか》え入れてくれた。

舌を絡ませて吸うと、苦し気な喘《あえ》ぎ声が聞こえた。どんなに言っても、なかなか鼻で息を吸うことができないらしい。息をさせてやるために僅かに唇を離すと、はふっと漏《も》れる息が肌《はだ》に伝わった。

本当に、どうしてこんなに可愛《かわい》いのか。日々悠里への想いは膨《ふく》らんでいき、自分でも戸惑うほどに理性がなくなってしまう。何事にも熱くなれず、どこか醒《さ》めた目で周りを見ていた自分が今では嘘《うそ》のようだ。

「……はぁ……」

甘い吐息《といき》を漏らす悠里は、二階堂の飢《う》えなどまったく気づいていないだろう。愛《いと》しい者にとってはいつでも余裕のある大人でいたい。

二階堂は確実に蕩《とろ》け始めた初々《ういうい》しい恋人《こいびと》を味わうように、もう一度唇を寄せた。

＊＊＊

二階堂が大きな会社の跡取《あとと》りだと知った時、悠里の心の中に生まれたのは驚きと、それ以上に不安だった。

それまでは、自分のすぐ側《そば》にあると思っていた存在が、手の届かないところにある。せっかく想《おも》いが伝わったのに、ずっと一緒にいられる立場にはない。学生で、まだ社会というものがよくわかっていない悠里だったが、それでも二階堂との関係の危《あや》うさは容易に想像できた。

同居を始めたばかりだというのに、もう離れることを考えなければいけないのか。

正直、期間限定の恋人なのかもしれないと卑屈《ひくつ》に思いそうになったが、二階堂はそんな悠里の逃《に》げを許してはくれなかった。

彼は言葉を惜《お》しまず悠里をかき口説き、戸惑《とまど》うほどの熱量を伝えてくれる。それは、絶対に離れることはないのだと悠里が信じるのに充分なものだった。

きっと、今の自分たちの関係は歪《いびつ》なものだ。お互《たが》いが好きなら同性同士でも構わないというのは綺麗《きれい》ごとで、実際は目に見えるもの、見えないもの、多くの問題がいずれは伸《の》し掛かってくるだろう。

それでも、二階堂と一緒なら大丈夫。そんな無条件の信頼を寄せるほどに、悠里は二階堂が向けてくれる愛情を信じることができた。

もちろん、そんなふうに気持ちを決めるのには時間が掛かったが、幸い自分たちは一緒に暮らしている。話し合いは毎日できたし、毎日充分すぎるほど愛を伝えられた。

「はい」

今日は朝から会議だと言っていた二階堂に、お疲《つか》れ様の気持ちを込めて弁当を渡《わた》した。きっと会社内に食堂はあるだろうが、二階堂は悠里の作る家庭料理を好んでくれるので息抜《いきぬ》きにはなるだろう。

前日から弁当のことは言っていたので、受け取る二階堂の顔も嬉しそうだ。

「ありがとう」

「今日も頑張《がんば》ってね」

言葉と共に見送ろうとしたが、二階堂はじっとこちらを見てくる。

玄関《げんかん》の段差のせいで、いつもよりずっと近い顔。どうしたんだろうと首を傾《かし》げそうになったが、ゆっくり近づいてくる二階堂を見て慌《あわ》てて目を閉じた。

（そ、そうだった）

少し前、挨拶《あいさつ》だけじゃなくキスもしたいと強請られたのだ。《行ってらっしゃい》のキスと、《お帰りなさい》のキス。他《ほか》にも、二階堂は隙《すき》あらばキスを仕掛《しか》けてくる、正直に言えば、まだ悠里の気持ちは追いついていないが、身体はその習慣にいやでも慣らされてしまう。

軽く合わさるだけのキスをし、悠里は熱くなる頬をごまかして手を振る。

「い、行ってらっしゃい」

「行ってきます」

今度は満足げに出て行く二階堂を見送った悠里は、玄関が閉まるとほうっと息をついた。

「……これじゃ、本当に新婚《しんこん》さんみたいだよ」

ポツリと言って、自分で恥《は》ずかしくなる。

気を取り直して軽く頬を叩《たた》き、今度は家事を済ませるべく動いた。

両親が旅立って二ヵ月近く、今ではまあまあやれているんじゃないかと思うほどには家事に自信がついた。もちろん、それには二階堂の協力もある。

料理に関してはまだまだ勉強しなければならないが、二階堂に食べてもらうんだと思うと上達も速いので、今のところ挫折《ざせつ》はしないでいられた。

今朝二階堂に渡した弁当と同じものを持って大学に行くと、さっそく大谷が声を掛けてくる。目の下に隈《くま》が見えるので、どうやら徹夜《てつや》をしたようだ。

「おはよ」

「はよ〜」

「ゲーム？」

「新作が出てさ」

そう言えば、人気ゲームの最新版が発売されたとニュースで見た。自称《じしょう》ゲーマーの大谷はさっそくそれを手に入れて徹夜でやりこんでいるらしい。

「ちゃんと寝《ね》た方が良いよ。すぐにクリアできるものじゃないし」

「できた」

「……え？」

即答《そくとう》に驚《おどろ》いて思わず聞き返したが、大谷は自慢《じまん》することでもないというように淡々《たんたん》と言う。

「でも、通常エンディングを見ただけで、まだ他にもあるみたいなんだ。どのくらいでクリアできるかなぁ」

「……まさか、昨日講義を休んだのって……」

当然と頷《うなず》く大谷に溜《た》め息が漏れそうだが、人の趣味《しゅみ》に口を出すつもりはない。

それでも、大学を休んでまでやり込んだのかと呆《あき》れはしたが……ふと、悠里は少し前の大谷の言葉を思い出した。

『あれだけ目立つ人ってどんな人かって興味があってさ、ちょっと調べてみたんだけど』

あの時聞いた時はあまり深く考えなかったが、二階堂から彼の家のことを聞いた今、ちょっと気になってしまった。

「大谷」

「ん〜？」

少し眠《ねむ》そうな声が返る。

「……和人さんのこと、知ってた？」

前置きなく尋《たず》ねたが、それでも大谷はのんびりした口調で答える。

「お前みたいにのんびりした奴《やつ》が捕《つか》まえるには、結構大物だよなぁ。上手《うま》くいってんの？」

この言い方では、大谷は悠里たちの関係に気づいているみたいだ。

「うん」

咄嗟《とっさ》に出たのはごまかしではなく、素直《すなお》な頷きだった。すると、机に懐《なつ》いていた大谷がチロリと視線を向けてきて、しばらく見た後ニンマリと目を細める。

「幸せそうでなにより」

そう言ったきり、今度こそ大谷は寝る体勢に入った。

# 第五章

毎日ほぼ午後八時過ぎには帰ってくる二階堂だが、かなり忙《いそが》しいというのは見ていてわかる。

先日、ようやく二階堂の実家のことを教えてもらい、その規模の大きさから仕事もどんなに大変なものか想像はついた。

できるだけ家では寛《くつろ》いでもらおうと思っているものの、なかなかこれといった案が出てこない。

食事は、今でも消化が良くて二階堂の好きな和食をメインにしている。天気の良い日はできるだけ布団《ふとん》を干して、寝心地《ねごこちよ》好く過ごしてもらうようにした。風呂上《ふろあ》がりは肩《かた》を揉《も》んで、熱いコーヒーを入れて……でも、まだまだ足りない。

（僕が運転できたらなぁ）

そうすれば、近場の温泉にでも行ってゆっくり心も身体《からだ》も休めてもらえると思うのだが。

生憎免許《あいにくめんきょ》は持っていないし、外出を提案しても二階堂が運転手を買って出ることは予想できる。だとしたら――。

「……あ」

学校帰り、夕飯の買い物中に思考に耽《ふけ》っていた悠里は、ふと目に入ったものに惹《ひ》かれて足を止めた。

「これ……いいかも」

(少しはそんな気分になれるかも)

悠里は目の前のものをカゴに入れ、それに合わせた今夜の献立《こんだて》を考える。

(あれは……作れる、でも、あれは……無理かも)

それなりに上達したと思うが、悠里の料理の腕《うで》はまだまだだ。素直にそれを自覚した悠里は、足りないものを買い足すべく、レジに急いだ。


インターホンが鳴る。

キッチンに立っていた悠里は急いで出迎《でむか》えに行った。

「ただいま」

少し疲れたように見える二階堂だが、悠里を見るとその表情が心なしか柔《やわ》らかくなる。自惚《うぬぼ》れではなく、この家が二階堂の安心できる場所になっているようで嬉《うれ》しくなる。

「お帰りなさい。すぐにご飯できるから」

「ああ、ありがとう」

悠里はキッチンに取って返し、ほとんど準備が終わっているテーブルの上を見て頷く。そして、冷蔵庫の中から冷えたビールを出した時、着替《きが》えを終えた二階堂がやってきた。

「……」

テーブルの上を見た彼は僅《わず》かに目を瞠《みは》った。盗《ぬす》み見たその表情に、無事驚かせることができたみたいだと頬《ほお》が緩《ゆる》む。

「座って」

「……今夜は凄《すご》いご馳走《ちそう》だな」

「半分以上は出来合いのものなんだけど」

ズラッと並べられている料理は、いかにも旅館の夕食といったものだった。

三種類の付け合わせに、マグロの刺身《さしみ》、里芋《さといも》の煮物《にもの》。茶碗蒸《ちゃわんむ》しに鯛《たい》の焼き物。ローストビーフと茸《きのこ》の炊《た》き込みご飯に、吸い物。もちろん、本当の旅館の料理に敵《かな》うはずもなく、付け合わせやローストビーフなどはあの後急いでデパートの地下に買いに行った。でも、それなりに雰《ふん》囲気《いき》は出ていると思う。

「少しでも、旅行に行った気分になってもらおうと思って」

「……行きたいのか？」

どうやら、悠里の催促《さいそく》かと思ったらしい。なぜか楽しそうに聞かれたが、今回のこれは全部二階堂のためだ。

「ううん、これは和人さんの気分転換《てんかん》になったらいいなって思っただけ。……はい」

わざわざ選んだ瓶《びん》のビールを掲《かか》げれば、二階堂はグラスを持って受けてくれる。

「本当は日本酒の方が良いんだろうけど、僕、どんなものがいいのかわからなくて……」

元々父もあまり飲む方ではなかったので、悠里の家で出される酒はビールくらいだ。アルコールのコーナーにはたくさんの日本酒の銘柄《めいがら》があったが、あまりに数が多く、二階堂の好みもわからなくて断念した。

「和人さん、あんまりお酒飲まないでしょ？　僕に気をつかってくれているからだろうけど、毎日飲んだっていいんだからね？　……飲み過ぎは困るけど」

サラリーマンの終業後の楽しみはお酒だろうと、テレビのニュースなどで出てくる陽気な酔《よ》っぱらいを見ていれば何となくわかる。でも、二階堂は家で待っている悠里のために終業後の飲み会も行っていないみたいだし、家でも晩酌《ばんしゃく》はあまりしなかった。外で飲まないのなら、せめて家にいる時くらい、気を緩めて飲んでほしい。

悠里が告げると、二階堂はありがとうと言ってくれた。

「でも、無理はしてない。俺は飲むより、悠里と話す方が楽しいからな」

「そ、そうなの？」

さらりと言われ、反対に恥《は》ずかしくなった。動揺《どうよう》して視線を彷徨《さまよ》わせると、二階堂がふっと笑う気配がする。

「せっかく悠里が用意してくれたんだ、食べようか」

「う、うん」

デパートの地下で、散々悩《なや》んで買った総菜は間違《まちが》いなく美味《おい》しかった。少し奮発した刺身も脂《あぶら》がのっていて新鮮《しんせん》だ。でも、その分自分の料理の素人《しろうと》さが目立つ。茶碗蒸しはブツブツが出てしまったし、鯛は焼き過ぎて硬《かた》かった。吸い物も、ちょっと塩味が濃《こ》いと思う。気になると心配になり、悠里はそっと二階堂の様子を窺《うかが》った。

（……食べてくれてる……）

二階堂の箸《はし》はどの料理にも満遍《まんべん》なく運ばれていた。茶碗蒸しを手に取った時は、なぜか楽し気に目を細めながら食べていた。

「どれも美味しいな」

「本当？」

「悠里の愛情がたっぷりだ」

「……あ、愛情……」

けして間違いではないが、面と向かって言われると照れる。

「特に、悠里の手作りのものは全部美味しい。この茶碗蒸しなんか、俺の好みの味だしな。俺のことを考えて作ってくれたんだと思うと、格別だな」

急に思いついたものだったが、これだけ喜んでくれたらやった甲斐《かい》があった。悠里は真っすぐな二階堂の賛辞に笑《え》みが止まらないが、まだこの後メインイベントもあるのだ。まだまだ喜んでもらいたい。

「ご飯食べたらお風呂《ふろ》に入って」

「片付けくらい手伝うぞ」

「駄目《だめ》。和人さんは今日はお客さんだから」

「お客さん？」

その比喩《ひゆ》の意味がわからないらしい二階堂に、悠里は大丈夫《だいじょうぶ》だからと重ねて言った。

食事が済むと、悠里は二階堂の背を押すように風呂場へ連れていった。

「いったい、何があるんだ？」

いつも以上の甲斐甲斐しさに二階堂は苦笑《くしょう》しているが、悠里はようやく今日の一番の目的を二階堂に披露《ひろう》した。

「はい」

浴室の扉《とびら》を開け、湯船の蓋《ふた》を開く。その途端《とたん》浴室に広がる匂《にお》いに、二階堂は料理を見た時よりも驚《おどろ》いた表情を見せた。

「この匂い……」

「温泉の素《もと》を入れたんだ。なんちゃって温泉だけど」

店で見つけた温泉の素。珍《めずら》しいものじゃないが、悠里の家では今まで使ったことがなかったので、凄く良いものを見つけたと思った。本当の温泉には行けないが、これならば簡単に家で温泉に入った気分になれる。効能も色々書いてあって、疲《つか》れている二階堂の身体《からだ》には良いはずだ。

この温泉の素をきっかけに、今日は食事も温泉宿の仕様にしてみたのだ。

勘《かん》の良い二階堂もすぐにそれに気づいたらしく、タオルを差し出そうとした悠里を抱《だ》きしめた。

「か、和人さん？」

「……ありがとう、悠里」

「……お礼なんかいいよ。ゆっくり疲れを癒《い》やしてね」

想像した以上に喜んでくれている二階堂の様子に、悠里もやった甲斐があったとホッとした。

これで少しでも二階堂の疲れが取れたらいい。

悠里はキッチンに戻《もど》り、使った食器を洗う。その最中も、さっき見た二階堂の嬉しそうな顔を思い出し、心がほっこりとした。あんなに喜んでくれるなら、もっと早く思いつけば良かったとさえ思う。

（もっと広いお風呂だったらいいんだけどなぁ）

これは家の広さを考えたらしかたがないか……泡《あわ》だらけの手元を見下ろしていた悠里は、

「……あ」

唐突《とうとつ》に思いついた。

急いで洗い物を済ませた悠里は、そのまま風呂場に向かう。

中に入った時、浴室の中は静かだった。きっと湯船につかってゆっくりしているのだろう。

「どうした？」

だが、悠里が声を掛ける前に、中から問われた。どうやら悠里が風呂場に入ってきたことに

すぐに気づいたらしい。

「背中、洗わせてくれる？」

「……え？」

珍しく、返答に少し時間が掛かった。

「本当の温泉じゃないけど、背中を流したいんだ。も、もちろん、僕は服を着たままでだよ？

和人さんにもタオルをしてもらって……」

二階堂が嫌《いや》なら、もちろん強《し》いるつもりはない。でも、昔父の背中を流してあげた時は、気

持ちが良いと喜んでくれた。誰《だれ》かに洗ってもらうのは、それなりに特別な感じみたいだ。

当然、二階堂は父とは違う。大好きな人で、今では恋人《こいびと》だ。その彼の裸《はだか》を見るのは確かに恥ずかしいが……でも、自分は服を着ているので羞恥《しゅうち》はそこまでではなく、少しでも二階堂にゆっくりしてもらいたいという気持ちの方が強かった。

「……お願いしようか」

しばらくして、二階堂が言った。

「うんっ、じゃあすぐに……」

「でも、悠里もちゃんと服を脱《ぬ》いで入ってこい」

「……ぼ、僕も？」

ジーンズの裾《すそ》を捲《まく》ろうとした悠里は手を止める。今自分がしたいのはあくまで二階堂の背中を流すことで、一緒《いっしょ》に風呂に入るということではない。さすがに裸を見られるのは、恥ずかしいという思いが強かった。

「悠里」

（こ、断れる……？）

やっぱりやめると言ったら、二階堂はきっと笑いながら許してくれるだろう。でも、本当にそれでいいのか。ここまできて、裸を見られるのが恥ずかしいからと、せっかく背中を流して気持ち良くなってもらおうと思った気持ちも諦《あきら》めるのか。

悠里は自身の身体を見下ろす。貧弱な身体はまったく男らしくなく、かといって女の人のような胸や豊かな腰《こし》があるわけでもない。

もしかしたら……二階堂はそんな身体を見て、やっぱり同性の恋人じゃなく、女性が良いと思ったりしないだろうか。

（で、でも、いつまでも、ごまかし続けることなんて……できないよ）

恋人同士がいずれ行うこと。基本的な知識はあるが、考えたら男同士がどうするのかなど悠里は知らない。今はキスされるだけでも身体が熱くなり、制御《せいぎょ》が利《き》かなくなるというのに、あれ以上何をされるのか――想像するだけでも怖《こわ》かった。

（ち、違うって、今はそんなこと考えている場合じゃないしっ）

ついエッチな方向に考えてしまったが、二階堂が同じことを考えているとは限らない。

「悠里？」

「う、うん」

促《うなが》すようにもう一度呼ばれ、悠里は反射的に服を脱いだ。

（タ、タオル、しっかり巻いてればいいし！）

エッチなことを考える方がエッチだ。

悠里はできるだけ他《ほか》のことを考えるようにし、服を脱いでしっかりと腰に大きめのタオルを巻いた。

そうして、いざ、浴室の扉を開けようとするものの、なかなか手が動かない。覚悟《かくご》を決めたつもりだが、どうしても消せない羞恥心《しゅうちしん》というものがあるみたいだ。

（ど、どうしよう……やっぱり、止《や》めたって……）

背中を洗うのは、本当の温泉に行った時にしようと提案すればいいかもしれない。ここにきて逃《に》げ道を必死に考えていた悠里は、

「風邪《かぜ》ひくぞ」

「ひゃっ」

突然《とつぜん》中から開いた扉に驚いて声をあげた。咄嗟《とっさ》に視線は下に向いてしまったが、二階堂もちゃんと腰にタオルを巻いてくれている。そのことに安堵《あんど》の息をつく間に、腕《うで》を引っ張られて浴室に入ってしまった。

（……せ、狭《せま》い）

一人で入る時は感じなかったが、こうして男が二人もいると、いかに悠里の身体が貧弱だとは言え浴室の中は急に狭くなる。そうするとかえって二階堂の存在を意識してしまい、悠里は焦《あせ》るあまり早口になった。

「せ、背中洗うよっ。座ってっ」

ここはもう、背中を洗ってすぐに浴室から出るしかない。悠里は垢《あか》すりのタオルにボディソープをつけ過ぎるほどつけて泡だらけにし、小さな腰掛《こしか》けに二階堂を座らせた。

タオルを握《にぎ》り直して見下ろす身体は、自分とも父ともまったく違《ちが》う、しなやかな筋肉がついた大人の男の裸身《らしん》だった。肩幅《かたはば》もしっかりあって、すっと伸《の》びた背中が眩《まぶ》しい。

自分が持っていないものに対する羨《うらや》ましさと、恋人の裸を見てしまうという羞恥に頭の中がグルグルになりながら、悠里は広い背中を洗い始めた。

「い、痛くない？」

「いや、気持ち良い」

返ってくる二階堂の声には僅《わず》かばかりの笑《え》みが込められている。焦っているのを知られているのだと思うといたたまれないが、二階堂の雰囲気《ふんいき》がいつもと変わらないことに安堵もした。どうやら変な想像をしたのは自分だけだったみたいだ。

(ぜ、絶対に知られないようにしないと……っ)

エッチな想像をしたと知られたら、それこそ羞恥で死んでしまいそうだ。とにかく、当初の目的の背中を洗うという行為《こうい》を完遂《かんすい》すべく、悠里は一生懸命《いっしょうけんめい》手を動かした。

「流すよ？」

しばらくして泡だらけになった背中を洗い流そうと、後ろから手を伸ばしてシャワーを取ろうとする。すると、

「え……？」

いきなり振《ふ》り向いた二階堂に腕を引かれ、狭い洗い場で身体が反転して、気づけば二階堂の

膝《ひざ》の上に座る体勢になっていた。

「……え？　ご、ごめん？」

手が滑《すべ》ったのだろうか。どちらにしても重いはずだと身体を起こそうとしたが、いつの間にか悠里の手から離《はな》れていた垢すりタオルを二階堂が持っていた。

「お返しに、悠里の身体を洗わせてくれ」

「えっ、ま、待って！　僕はいいからっ」

唐突な二階堂の申し出に慌《あわ》てて言うが、悠里の返事を待たずして二階堂の手は動き始める。

「ひゃっ」

胸元《むなもと》からへその辺りをこすられ、悠里は反射的に身体《からだ》を丸めた。強い力でないそれがくすぐったくて、背中がゾワゾワとしたからだ。

「悠里は色白だな。……それに、どこも柔《やわ》らかい」

「ちょ、ま、待って、和人さんっ」

色が白いのはインドア派で、身体が柔らかいのは単なる運動不足だ。自慢《じまん》にもならない自分の身体を、二階堂は意外なほど丁寧《ていねい》に洗ってくれる。でも、その優《やさ》しさがくすぐったさと相まって、変なふうに悠里を刺激《しげき》するのだ。

（ま、不味《まず》い、よっ）

二階堂の膝の上に乗る体勢は、いくらタオルを巻いていると言っても不味過ぎる。自分の下《か》肢《し》はもちろん、尻《しり》の下にあるはずの二階堂のものも気になって、悠里はどうにか体勢を変えようともぞもぞと身体を動かした。だが、その動きはかえって互《たが》いの身体を刺激してしまったらしく、タオル越《ご》し、尻に確かに感じる感触《かんしょく》に動揺《どうよう》し、悠里は動けなくなった。いや、変化したのは二階堂の下肢ばかりではない。その変化の元を想像した途端《とたん》、悠里は自分のものもタオルを少し押し上げるほどに変わったことを自覚した。

咄嗟に隠《かく》そうとしたが、その手は呆気《あっけ》ないほど簡単に二階堂に摑《つか》まれた。

「か、和人さん、手を……」

震《ふる》える放してという言葉は、二階堂の唇《くちびる》の奥にかき消された。なぜか性急に顎《あご》を取られて上向きになったと同時に唇を塞《ふさ》がれ、舌を吸われて甘嚙《あまが》みされる。

「ふ……っ」

喉《のど》をそっと撫《な》で上げられた。

(き、もち……い……)

もう慣れたせいだろうか、二階堂とのキスは心地好くて、悠里はともすれば流されてしまいそうになる意識を保つため、縋《すが》る場所を求めて手を伸ばした。だが、今はいつの間にか二階堂に横抱《よこだ》きにされている体勢で、摑む場所は見つからない。彷徨《さまよ》う手は抱きしめてくれる二階堂の腕に辿《たど》り着いて、思わず爪《つめ》をたててしまった。

「……っ」

隙間《すきま》もなく重なっているせいで、二階堂が漏《も》らした声が伝わってくる。いつもならすぐに手を離してしまうのに、今はなぜかさらに力を込めた。

「……こら」

甘く叱《しか》られても、少しも怖くない。すると、二階堂はキスを解いてしまった。

「あ……」

「悠里」

その唇は、今度は額に頬《ほお》に、顎に、くすぐるように触《ふ》れてくる。くすぐったくて、肩を竦《すく》めるが、そうすると今度は胸元にまでそれが下りてきた。浴室の中、自然と汗《あせ》ばんでいる肌《はだ》が気になって、悠里は身を隠そうと身体を起こし――。

「！」

その時になって初めて、腰《こし》のタオルが外れていることに気づいた。信じられないが、キスに夢中になっている間にとれてしまっていたらしい。

すべてを二階堂の目に晒《さら》しているという衝撃《しょうげき》以上に、自身の下肢、一番隠したいペニスが緩《ゆる》く勃《た》ち上がっているのが目に入り、悠里は赤くなるというよりも青くなってしまった。

「や……っ」

男らしくない自分の身体の中の、嫌《いや》でも男だとわかる部分。妙《みょう》に生々しいそれが、薄《うす》い恥毛《ちもう》の間から見える。恥《は》ずかしくてたまらないのに、明らかに欲情している己《おのれ》の証《あか》しに、悠里はどうしていいのか混乱してしまった。

逃げようにも、二階堂の腕にしっかりと腰を捕《と》らわれている。動けば動くほど揺《ゆ》れるそれが目に焼き付いて、自然と涙《なみだ》が滲《にじ》んでしまった。

「悠里」

「ご……め……」

泣いたら、二階堂の方が悪者になってしまう。違《ちが》うと首を振ると、大きな手が頬にあてられ、上向きにされた。二階堂の顔を見ることができず、悠里は固く目を閉じる。

「……泣くほど嫌だったか？」

耳に聞こえる声は、心なしか弱かった。二階堂が責任を感じている……それは違うと、悠里は首を振った。

「……嫌じゃない？」

嫌ではない。恥ずかしくて、同時に二階堂が同性の身体を見てがっかりしてしまうことが怖《こわ》くて泣いているだけだ。

「悠里だけじゃない、俺も……」

「……んっ」

少し腰を浮《う》かされると同時に尻に感じていたタオルが抜《ぬ》き取られた。すると、今度はじかに二階堂の肌の感触が伝わってきて——いや。

「……っ」

悠里は自分の尻たぶを押し上げようとするほど力強く存在を主張するものに気づき、呆然《ぼうぜん》と間近にある二階堂の顔を見つめた。

「悠里が可愛《かわい》くて、そそられて、こうなってる。俺を軽蔑《けいべつ》するか？」

「う……ううん」

答えないままだと二階堂が誤解しそうで、悠里は目の前の腕を強く握りしめる。その気持ちは伝わったのか、二階堂は壮絶《そうぜつ》なほど艶《つや》っぽい流し目を向けてきた。

「悠里に合わせようと思ったんだが……ごめん、抑《おさ》えが利《き》かない」

このままだと怪我《けが》したら危ないからと、悠里はまるでお姫様《ひめさま》のように横抱きにされて風呂場《ふろば》から出た。

その時お互いの泡《あわ》に汚《よご》れた身体はシャワーで流したが、肌を流れる湯に驚《おどろ》くほど敏感《びんかん》に感じてしまい、ピクピクと震えてしまったのが恥ずかしかった。

お互いにバスタオルを腰に巻いた格好だが、家の中を半裸で歩くのは心許《こころもと》ない。誰《だれ》に見られるというわけでもないのにできるだけ身体を隠そうとした悠里を、二階堂はさらに深く腕《うで》の中に抱き込んでくれた。

連れていかれたのは、二階堂の部屋にしている客間だ。彼の身体に見合う大きなベッドで部屋のほとんどが占《し》められている。

今まで何度も掃除《そうじ》をするために部屋に入った。二階堂が心地好く生活できるよう、一生懸命《いっしょうけんめい》綺麗《きれい》にした。でも、今その綺麗に掛《か》けたシーツを、下ろされた自分の身体がクシャクシャにしている。軽く身体も拭《ぬぐ》ってもらったが、シーツが濡《ぬ》れないか、そんなことが気になった。

「悠里」

さらっとシーツを撫《な》でる手に骨ばった大きな手が重なる。視線を向けると、二階堂がじっとこちらを見下ろしていた。濡れた髪《かみ》から落ちる水滴《すいてき》が、顔のすぐ横のシーツに滴《したた》り落ちるのがわかった。

「本当に嫌なら言ってくれ」

(……ずるい)

悠里がどんなに二階堂を好きか、わかっているくせにそんなことを言って弱い姿を見せてくる。そんなふうに言われたら、絶対に嫌だなんて言えるはずがない。いや、そもそも嫌じゃないのだ。

「……和人さん、も、嫌じゃ……ない？」

こんな、貧弱な男の身体を見て、その、萎《な》えたりしないのだろうか。

一般《いっぱん》的な男の気持ちを考えて言ったのに、なぜか二階堂に鼻を甘嚙みされた。まったく痛くなかったが、彼らしくない動物じみた仕草に目を丸くしてしまう。

「さっき見ただろう？　嫌な相手を前にこうなるか？」

わざと下肢を押し付けられ、いまだに硬度《こうど》を保っているそれに気づいた悠里は顔が熱くなった。確かに、二階堂は悠里の身体を見て勃ったのだ。嫌というわけではないみたいだと思うと本当にホッとして、悠里は知らず強張《こわば》っていたらしい身体から力を抜いた。

しかし、安心すると同時に、今度はこの状況《じょうきょう》を改めて目の当《ま》たりにしてしまい、緊張《きんちょう》と不安で落ち着かなくなった。

（今日は、和君の背中を流して……気持ち良く、寝《ね》てもらえたらって、思って……）

さっきまでは極々《ごくごく》健全なことをしていたつもりなのに。背中を洗おうと思いついた時から、妙な展開になったのだ。自業自得《じごうじとく》……そんな単語が頭をかすめたが、悠里が冷静に状況を見ていられたのはここまでだった。

「わっ」

スッと腰のタオルを取られてしまい、悠里は慌《あわ》てて膝《ひざ》を合わせて下肢《かし》を隠《かく》そうとした。しかし、いつの間にか足の間には二階堂が膝を入れていて閉じることができない。

「か、和人さん」

足をどけてと、言葉ではなく視線で頼《たの》んでも、いつもは悠里の考えなど容易《たやす》くくみ取ってくれるはずの二階堂は目を細めるだけだ。部屋の中は明るくてお互《たが》いの姿が良く見える。膝立ちだった二階堂が、ゆっくり悠里の首筋に顔を下ろしてきた。

「……っ」

ちくっとした鈍《にぶ》い痛みに眉《まゆ》を顰《ひそ》めたものの、何をされたのか悠里にはわからない。戸惑《とまど》った眼差《まなざ》しで二階堂を見上げると、今度は胸元《むなもと》に顔が下りてきた。ざらりとした舌触《したざわ》りに舐《な》められているのがわかり、次に柔《やわ》らかな唇《くちびる》が押し当てられる。そして、そのまま吸われると、顔を離《はな》した二階堂がつっとその個所《かしょ》を指で撫でた。

少しつらい体勢だが顔を上げ、悠里は自分の胸元を見る。すると、さっき舌と唇を感じた個所がうっすらと赤くなっているのがわかった。

「……なに？」

今までキスされても、あんなに赤くなったことはない。

「独占欲《どくせんよく》の証し」

「……独占、欲？」

繰《く》り返し呟《つぶや》いて、ようやくその意味が頭の中に入ってきた。

（和君が……僕に？）

もちろん、好かれていると思っていたが、独占欲を覚えるほど激しい感情を向けてもらえているとは思ってもみなかった。

「……怖いか？」

二階堂はどこか心配そうだが、怖いはずがなかった。むしろ、そこまで好かれていたんだと驚きの方が強い。

「ぼ、僕も、つけて、い？」

独占欲なら悠里にだってある。こんなふうに欲を覚えるほどの感情を自覚したのはそんなに昔ではないが、十年間もずっと好きだった自分の方が独占欲は強いという自覚はあった。

悠里の願いを叶《かな》えてくれるのか、二階堂が少しだけ笑いながら上半身を起こしてくれる。

（や、やっぱり、綺麗な身体《からだ》……）

明るい光の下、意識して見る彼の身体は男の身体だ。でも、強く感じる印象はやはり綺麗だということだ。すべてが完璧《かんぺき》なので、向き合うことが恥《は》ずかしくなるが、後ろ向きになる悠里の気持ちを引き留めるのは、自分を見る二階堂の眼差しだった。

いつもは温かく悠里を見守ってくれる優《やさ》しい眼差しが、今は滴るような色気と共にあからさまな熱を孕《はら》んで射貫《いぬ》いてくる。こんな目で見つめてくれているのだ、愛情を疑うことなどできるはずがない。

そっと手を伸《の》ばし、二階堂の肌《はだ》に触《ふ》れてみた。温かく、滑《なめ》らかな肌を撫でて、悠里は軽く胸元に唇を寄せた。

（か、硬《かた》い……）

意外に硬い胸板《むないた》に、自分についたような赤い痕《あと》はつかない。

今度はもう少し強く吸ってみた。顔を離してみると、うっすらとだが痕が見える。

（ついた）

たったこれだけのことで、二階堂が自分のものになったような気がして嬉《うれ》しくなる。思わずヘラッと笑った悠里は、頭上で微《かす》かに唸《うな》る声を聞いた。

「痛かった？」

強くし過ぎたのかと心配になって尋《たず》ねたが、返事の代わりに頭を引き寄せられる。しっかりと抱《だ》きしめられたかと思うと噛《か》みつくようなキスをされ、悠里の思考はあっという間に二階堂だけになった。

「んっ、んぅ」

性急なキスと共に、背中を滑《すべ》った手が尻《しり》を摑《つか》む。ぎゅっと握《にぎ》られて思わず力を入れてしまうと、その拍子《ひょうし》に勃《た》ち上がったペニスが二階堂の腹を擦《こす》った。

「んぁっ」

僅《わず》かな刺激《しげき》だが、自慰《じい》もあまりしない悠里には充分《じゅうぶん》な刺激で、信じられないことにそのまま硬い腹に向かって精を吐《は》き出してしまった。

「あ……」

二階堂の綺麗な腹を汚した白い液に、悠里は射精の快感が一瞬《いっしゅん》で冷える。どうにかしなけれぱと焦《あせ》り、投げ出されたタオルが手にあたると、それで必死についたものを拭った。

「ご、ごめんなさい、僕……っ」

たったあれだけのことで射精するなんて思わなかった。堪《こら》え性《しょう》のない自分に情けなくなって半泣きの状態だが、なぜか二階堂は嬉しそうに目を細める。そればかりか、まだついている精液を指先ですくい取り、口に含《ふく》んでしまった。

「！」

何をしてるんだと叫《さけ》びたいのに、あまりに大きな衝撃《しょうげき》だったせいで声も出ない。

茫然《ぼうぜん》としている間に押し倒《たお》され、今度は足の間に身体を滑り込まれ、気づいた時には膝を閉じることも身体をひねって隠れることもできなくなっていた。

「あ……」

射精したばかりのペニスは精液をまとったまましんなりと縮んでいる。さすがにこのまま晒《さら》すのは恥ずかし過ぎて手で隠そうとしたが、両手は二階堂によってシーツに縫《ぬ》い留められた。

（目……が……）

眩暈《めまい》がするほどの艶《つや》を帯びた熱い眼差し。目を逸《そ》らしたくてもできなくて、悠里はコクンと唾《つば》を飲み込む。悠里の本能的な怯《おび》えに気づいただろう二階堂は、口元を緩《ゆる》めながら再度首筋にキスしてきた。

「！」

そのキスに意識を向けた悠里の隙《すき》をついたのか、力が抜《ぬ》けた太腿《ふともも》を割り開いた手が、そっと悠里のペニスを扱《しご》きあげる。初めての他人の手の感触《かんしょく》に、あさましくも素直《すなお》なものは見る間に力を漲《みなぎ》らせていった。

今まで、一度に二回も射精したことはなかった。自分はきっと性欲も少ないんだろうと思っていたのに、こんな姿を見せて淡白《たんぱく》だなんて言えるはずがない。

「……悠里」

甘い、甘い、大好きな二階堂の声が誘惑《ゆうわく》する。

「大丈夫《だいじょうぶ》、今日は、最後までしない」

「……え……」

(最後まで、って?)

自分は既《すで》に射精してしまった。もう一度勃ち上がっているが、二階堂も射精したらそれで終わりではないのか？　この先に何があるのかまったくわからない悠里は戸惑ったまま目の前の綺麗《きれい》な顔を見つめる。

答えを求めていることはわかっただろうが、なぜか二階堂はそれに答えてはくれなかった。眩《まぶ》しいように目を細めてこちらを見下ろし、やがて深い息をつく。

「……本当に……悠里は質《たち》が悪い」

「え？　ぼ、僕……あの……」

何かいけないことをしたのだろうかと焦るが、二階堂は悠里の後ろ頭に手を回し、軽々と起こして唇を合わせてくる。

突然《とつぜん》のことに目を閉じることも忘れた悠里は、触れる下肢に熱いものを感じた。確かめるように見下ろした視線の先に、自身の内腿《うちもも》を押し上げるように勃ち上がっているものを見つけてしまい、ひゃっと、色気のない声を上げてしまった。

（あ、あれ、和君、のっ）

男なら当然持っている性の証《あか》し。先ほどから時折布越《ぬのご》しに当たっていたものには気づいていたし、それが何なのかはわかっていた。わかっていたが——初めて見る二階堂の性器はあまりに自分のものとは違《ちが》っていて、悠里はその瞬間に頭が真っ白になってしまう。

綺麗で、清廉《せいれん》な容姿の二階堂は、一見人間の欲というものを感じさせないのに、今夜は酷《ひど》く、生々しい。

「悠里……」

吐息《といき》混じりに名前を呼ばれ、縫い留められていたはずの手が誘導《ゆうどう》されるように二人の下肢《かし》の間に引き寄せられる。濡《ぬ》れた熱いものに指先が触れ、悠里は視線を逸らすこともできずにそれを見た。

（……こ……わい……）

まじまじと見るそれは、二階堂の美貌《びぼう》には似合わないほどグロテスクなものだ。笠《かさ》が張り、太い竿《さお》の部分は血管が浮《う》き出るほどに脈動して、既に先端《せんたん》は濡れている。

自分のものとは大きさも太さも長さも明らかに違う、大人の性器。自分の倍はありそうなそれは今は硬くそそり立ち、悠里の官能を誘《さそ》うように悠里のペニスを撫《な》で上げてくる。

「んぁっ」

手とはまるで違う感触のそれに声を上げると、二階堂の長い指が二つのペニスを握った。何とも言えない感触に、背中が震《ふる》えてしまう。

「……このまま……」

「か……ず、く……っ」

二階堂の指が、互《たが》いの官能をかき立てるように巧《たく》みに動く。覚えたばかりの感覚にすぐに意識を引かれた悠里は、堪《こら》えることもなく彼の手の中に二度目の射精をした。

（よ、汚《よご》れ、ちゃう……）

自分の吐き出したもので二階堂のペニスが汚れた。どうしようと焦るのに、身体《からだ》には力が入らない。

「……悠……っ」

しかし、まるで頓着《とんちゃく》しないように彼らしくなく荒々《あらあら》しい動きで手を動かし続けていた二階堂は、熱い吐息のような声で悠里の名前を呼ぶと、

「……っ」

目の前の綺麗な顔が僅かに色っぽく歪《ゆが》んだかと思うと、悠里は自身の下肢が熱く濡れたのを感じた。

「……ぁ……」

二階堂もイッてくれたのだ。自分で気持ち良くなってくれたのだと思った瞬間、悠里の頬《ほお》には無意識に笑《え》みが浮かんだ。

(良かった……)

気持ち良くなったのが自分だけでなくて良かったと思った悠里は、二階堂の言っていた《最後まで》ということを考えないまま、急激な睡魔《すいま》に呑《の》み込まれていった。

第六章

「……行ってらっしゃい」

可愛《かわい》らしく見送りにきてくれた悠里が、目の前で自然に目を閉じる。すっかり習慣づいてくれたその仕草に内心喜びを感じながら、表面だけはいつもの笑みを崩《くず》さずに、愛らしく待つ唇《くちびる》にキスをした。

「行ってきます」

悠里と初めて肌《はだ》を合わせて一カ月ほどが経《た》った。肌を合わせたと言っても、最後まではしていない。二階堂からすれば自慰の延長のようなものだが、それでも悠里は見違えるほど変わった。

子供っぽかった表情の中に、ふと艶っぽさを見せるのだ。計算されていない、無意識に誘うような仕草。目が合うと慌《あわ》てて視線を逸らすのに、気づけばじっと熱っぽい眼差《まなざ》しを向けてくる。

それは、幼かった恋心《こいごころ》が確かに育っている証しのようで、二階堂はこの先どんなふうに悠里が変化するのか、楽しみでしかたがなかった。

あの夜から、毎日一緒《いっしょ》に眠《ねむ》っている。あの夜のように悠里の身体を愛撫《あいぶ》し、互いに射精するまで気持ち良くなる夜もあれば、ただ抱《だ》きしめて眠る夜もあった。

熱を感じる行為《こうい》は気持ちが良い。だが、二階堂は華奢《きゃしゃ》な悠里を抱きしめて寝《ね》ることも好んでいた。柔《やわ》らかな、タンポポの綿毛のような髪《かみ》に顔を埋《うず》め、温かい身体を抱いて眠ると、これまでになく心穏《こころおだ》やかに眠れた。

セックス以外に感じる人肌が、こんなにも温かいものだと悠里と再会して初めて知った。

そのせいで、二階堂は柄《がら》にもなく躊躇《ためら》っている。男同士のセックスは、互いが射精して終わるだけではない。悠里は綺麗だといつも言うが、二階堂の中には醜《みにく》い、生身の男としての欲情がある。愛《いと》しい悠里を組み敷《し》き、その身体の奥深くまで貫《つらぬ》いて犯《おか》したいという気持ちが。

——ただ、無理強《むりじ》いができないほど、悠里を愛おしくも思っているのだ。

(……時間は、ある)

朝比奈の両親が帰国するにはまだ数年の時間の余裕《よゆう》がある。その間に、悠里の方からも望んで二階堂を欲しがってもらうようにすればいい。その誘導はずるい大人の自分には案外容易《たやす》いはずだ。

「あ」

会社に着くと、藤本がすぐに手を振《ふ》ってきた。

「社長が、出社したら来てくれってさ」

「……急だな」

わざわざ呼び出すなど、今までなかったことに二階堂は眉《まゆ》を顰《ひそ》めた。

「おい、そんな顔するなって。美人だから余計怖《こわ》い」

「……」

「ごめん、違います、カッコいいね、二階堂君は」

言葉ほどはまったく焦《あせ》った様子もなく笑っている藤本に視線だけを向けて黙《だま》らせると、二階堂は不機嫌《ふきげん》さを隠《かく》さず椅子《いす》に座った。

高校生の時は朝比奈の家に下宿、大学生は一人暮らしに留学と、両親とはあまり関《かか》わっていない。もちろん、経営者としての父親は尊敬しているが、家族という意識は薄《うす》かった。会社に入社した後も、特別扱《あつか》いはしないと個人的に声を掛《か》けてくることはほぼなく、二階堂自身、今では社長と社員という意識の方が強かった。最近一番長く話したのは、悠里との同居の説明くらいか。

効率主義で、経営者として冷酷《れいこく》な部分もある父親だが、朝比奈との友情は思いがけなく強く、その息子《むすこ》である悠里のことも気にかけているらしい。悠里は数度しか会ったことがない父親のことが少し苦手なようなので、今のところ接触《せっしょく》させるつもりはなかった。

そんな父親の呼び出しに、二階堂は様々な可能性を考える。

(部長と一緒じゃないということは、仕事のことじゃない、か)

二階堂の今の立場はあくまで一般《いっぱん》社員なので、仕事の話は必ず上司が同行するはずだ。だとしたら、個人的な話なのか……それを考えると頭が痛くなってくる。

「そう言えば」

ふと、まるで今思い出したかといったように藤本が切り出した。

「いるみたいですって言っておいたから」

「なんだ、それは」

脈略もない言葉に眉間《みけん》の皺《しわ》が増えるが、慣れている藤本に動揺《どうよう》した様子は見えない。いや、むしろ親しくなっていくにつれて二階堂の動揺する顔が見たいと堂々と言い放った面倒臭《めんどうくさ》い男の顔はどこか楽し気で、二階堂の悪い予感はますます強くなった。

「お前に付き合っている相手がいるかどうか聞かれたんだ」

思いがけない言葉に、珍《めずら》しく二階堂は次の言葉が出てこない。

(俺の恋人のことをこいつに？)

二階堂本人に聞かず、同僚《どうりょう》である藤本に社長自らが尋《たず》ねるなんて悪趣味《あくしゅみ》だ。女関係のことなど、周りに聞かず、二階堂本人に尋ねれば話は早いことはわかっているはずだ。

だいたい、三十間近の息子のそういった話など、どうして知りたいと思うのか……そこまで考えた時、二階堂はようやく父親の思惑《おもわく》がわかった。

さっさと椅子から立ち上がり、そのまま別の階の社長室に向かう。

社長室前の秘書室に入った二階堂に、仕事をしている秘書たちがにこやかな笑みを向けてきた。明らかに仕事上とは思えないものもあるが、今の二階堂は視線も向かない。

「社長は在室されていますか」

「お待ちしていました、どうぞ」

年かさの、既婚《きこん》の秘書室長が社長室に続くドアを開けてくれた。

それに礼を言って部屋に入った二階堂の目に、重厚《じゅうこう》なデスクに座って忙《いそが》しく書類に目を通している社長……父親の姿が映った。

「お呼びと聞きました」

社内で馴《な》れ馴れしくするつもりがない二階堂が硬《かた》い口調で言うと、しばらくペンを動かしていた父親が顔を上げた。

「来たか」

二階堂より頭半分身長は低いが、がっしりとした体付きで強面《こわもて》の父。母親に似ている二階堂とは一見まったく似ていない。そればかりか、仕事に対する姿勢も、ひいては異性に対する態度も違《ちが》うが、母親はなぜか、

『あなたたち、そっくりね』

そう言って笑っていた。

社長として尊敬はしているが、父親としては朝比奈の方が立派だと思う。

二階堂は言葉を継《つ》いだ。

「それで？　わざわざお呼びいただいたわけは何でしょうか」

「これだ」

そう言いながら、父親がデスクに載《の》っていた分厚い封筒《ふうとう》を手に取る。

「……それは？」

「見合いだ。好みの相手がいたら言いなさい。ああ、先方は皆《みな》乗り気だ」

「……」

思った通りだ。これまでまったく女関係に口を出してこなかったのに、三十も間近になっていよいよ後継者《こうけいしゃ》のことが気になり始めたのか。

「……あなたが、他人の力を必要としているなんて……歳《とし》をとりましたか」

婚姻《こんいん》関係で会社を大きくしようとするとは思わなかったと揶揄《やゆ》したが、父親は鷹揚《おうよう》に告げてくる。

「息子のことを心配しているんだ」

「……」

(勝手なことを……)

自分たちは恋愛《れんあい》結婚のくせに、息子は政略結婚をさせるのか。心配しているのなら放《ほう》っておいてほしい。

「すべて断ってください。仕事がありますのでこれで」

どんな理由を並べ立てても無意味だ。二階堂は短くそう言って部屋を出ようとしたが、

「どんな女と付き合っている」

背中に声を掛けられ、足を止めた。

「私に紹介《しょうかい》できるな？」

「もったいなくて、見せたくありません」

「次期社長のパートナーだぞ。どんな人物か見極《みきわ》めねばならん」

そう言って、結局自分が思う方向に進めようとするのだろう。

二階堂は振り返った。そして、父親が弱い母親によく似た笑《え》みを向ける。

「俺の目は曇《くも》っていませんので。失礼します」

今度は何も言われないまま社長室を出た二階堂は、何か言いたそうな秘書たちの視線を無視してさっさと部屋を出る。

（面倒だな……）

悠里のことを知られるのは時期尚早《じきしょうそう》だ。何か手を打っておいた方が良いかもしれないと思いながら、二階堂は足早にフロアへ急いだ。

＊＊＊

悠里は、自分の膝《ひざ》を枕《まくら》にしてソファに横になっている二階堂をじっと見つめる。夕食が済んでまったりする時間だが、最近の彼は少し疲《つか》れているみたいで、こうして膝枕をせがむことが多かった。

(仕事……忙しいのかな)

家では仕事の話をしないので、今どんなことをしているのか悠里にはわからない。それでも、二階堂ほどの人がこんなにもあからさまな疲労《ひろう》を見せるのだ、少しでも疲れを癒《い》やしてもらおうと悠里は日々食事やマッサージに精を出していた。

(……え?)

ふと、背中に大きな手が這《は》う。それまで仰向《あおむ》けになっていたはずの二階堂がいつの間にか悠里の腹の方へと向きを変え、両手をしっかり腰《こし》に回していたのだ。

「か、和人さん?」

「……」

(眠《ねむ》ってる……?)

偶然《ぐうぜん》この体勢になっているのかもしれないと思い直したが、背中の手が意味深に尻《しり》を摑《つか》んで揉《も》んだ瞬間《しゅんかん》、ひゃっと声を出してしまった。

「だ、駄目《だめ》だよっ、ゆっくり休むんでしょ？」

疲れを癒やしてもらうためにこの体勢になっているのに、いつの間にか空気が甘く変化している。

触《ふ》れられるのが嫌《いや》なわけではなかった。でも、どんなに触れ合うようになってもまだ慣れていない自分は、どうしても反応がぎこちなくなってしまう。

「和人さんっ」

懇願《こんがん》するように名前を呼ぶと、ズボン越《ご》しにゆっくり尻の狭間《はざま》を擦《こす》り上げていた指の動きが止まった。

「……おとなしく寝《ね》てる」

「も、もう」

尻から手は離《はな》れたものの、しっかりと腰を抱《だ》かれた。これは本当に寝る体勢なのかといぶかしんだが、言葉の通りしばらくして静かな寝息が聞こえてきた。

二階堂の眠りが深くなるまで、悠里は動かないようにじっとしていたが、やがてそろそろと髪《かみ》を撫《な》でてみる。

仕事のことを話してもらってもわからないが、それでも愚痴《ぐち》を聞くことくらいできる。悠里みたいな子供に話してもしかたがないと思われているのかもしれないが、何もわからないままでいるのは不安で心配で、ずっと心がざわついていた。

（ゆっくり休んでね）

居心地《いごこち》の好《よ》い家になるよう心掛《こころが》けている悠里だが、ある日の朝、二階堂を見送って部屋の掃除《そうじ》を始めた時、リビングのローテーブルに携帯電話《けいたいでんわ》が置いてあることに気づいた。それは二階堂のものだ。

「珍《めずら》しい……」

そもそも、今まで二階堂は忘れ物などしたことがなかったが、それが携帯電話という大事なものを忘れていったなんて信じられなかった。

「どうしよう……」

悠里はリビングの時計を見上げる。二階堂が出かけて一時間以上経《た》っており、とうに会社には着いているはずだ。会社に電話をかけて忘れていると伝えるか、それとも黙《だま》って持っていって本人を呼び出すか。

どちらが二階堂に迷惑《めいわく》にならないかと考えたが、やはりいきなり会社に行くのは不味《まず》いだろう。

悠里は、緊急連絡《きんきゅうれんらく》先として聞いた二階堂の職場に電話することに決めた。必要なら持っていくと伝えたい。

「……あっ、お、お忙しいところ、すみません。あの、え、営業、企画《きかく》部の、二階堂さんをお願いします。……あ、ぼ、僕、朝比奈といいます」

電話に出た女の人の丁寧《ていねい》な対応に緊張したまま二階堂を呼び出してもらうよう頼《たの》むと、どちらのかと問われた。当然の問いに名前を伝えてもらえばわかると一生懸命説明すれば、しばらくお待ちくださいと言われて音楽が聞こえてくる。間もなく、「はい」と電話に出る声が聞こえた。

「あ、あの……」

しかし、聞こえてきたのは男の声だったが、聞き慣れた二階堂のものではない。誰《だれ》なんだと当惑《とうわく》していると、

【二階堂は席を外しています。申し訳ありませんがどのようなご用件でしょうか。よろしければ私がお伺《うかが》いいたしますが】

どうやら、悠里のことを取引先だと思っているらしい。会社に電話すれば、すぐに二階堂が出てくれると勝手に思っていた。

考えれば、あんなに大きな会社なら絶対に受付みたいな人が電話に出てくるものだ。その人が名前だけ名乗った悠里を仕事相手と誤解する可能性もなくはない。

どちらにせよ、ここで電話を切るわけにもいかず、悠里は勇気を振《ふ》り絞《しぼ》って言った。

「あ、あの、二階堂さん、携帯電話を……忘れて、しまって……」

【携帯電話？】

少しだけ驚《おどろ》いた声がした後、いきなり、

【ああっ、君、もしかして二階堂が同居してる子？】

そう言い当てられてしまい、反射的に「はい」と頷《うなず》いてしまった。

まさか二階堂が会社の人に、今回の同居の件を話しているとは思わなかった。でも、プライベートを話すほど親しい人がいるのだと思うとホッともする。

二階堂の親しい相手なら、人見知りするとはいえ電話ならまだ緊張も薄《うす》い。

「は、はい。あの、戻《もど》ってきたら電話のこと……」

【あ～、良かったら持ってこられる？　今日はずっと会議で社内に詰《つ》めているから、取りに行く時間、無いと思う】

「持っていく……」

【住所、言っておくよ】

悠里が返事をする前に、電話の相手はサクサクと話を進めていった。悠里は慌《あわ》てて電話の横に置いてあるメモ帳に住所を書く。その間、悠里の名前も聞かれる。

【待ってるからよろしくね】

軽い言葉の後電話を切られてしまい、しばらく事の成り行きに呆気《あっけ》にとられていた悠里は、だいぶ時間が経ってから我に返ると急いで外出の準備を始めた。

六本木のような繁華街《はんかがい》に一人で出かけることは今までなかった。

高校生の時に友人と──大谷だが──何回か行ったが、その時は相手の誘導《ゆうどう》の通りに歩いたのでほとんど周りは見ていない。

「……人多い……」

今からどこに行くんだと思うほど大勢の人が歩いていて、悠里は一瞬人酔《ひとよ》いしたように眩暈《めまい》がした。

（誰も僕なんか見ていないんだから……大丈夫《だいじょうぶ》）

教えてもらった場所を探しながら歩き、辿《たど》り着いたのは立派な十階建てのビルだ。

入口のガードマンを気にしながら中に入ると、広くて綺麗《きれい》なエントランスには二人の受付の女の人が座っていた。

「あ、あの……」

「いらっしゃいませ。どのようなご用件でいらっしゃいますか？」

彼女たちは、明らかに学生にしか見えないだろう悠里に対しても丁寧に対応してくれる。緊張で顔を赤くしたまま、悠里は少し早口に言った。

「あ、あの、営業企画部の、二階堂を、呼んでもらいたくて……」

「失礼ですが、朝比奈様でいらっしゃいますか？」

「え……あ、はい」

「伺《うかが》っております。しばらくロビーでお待ちいただけますか？」

突然《とつぜん》名前を言われてドキッとしたが、どうやらあの電話の主から話がいっているようだ。

そのことに安堵《あんど》し、悠里が言われた通りロビーの端《はし》で二階堂が下りてくるのを待っていると、間もなく開いたエレベーターから二階堂が姿を現した。いや、なぜか彼は一人ではなく、その後ろからもう一人、背の高い見知らぬ男の人も一緒《いっしょ》に歩いてくる。

エレベーターが開いた瞬間《しゅんかん》は表情がなかった二階堂だが、悠里と視線が合った途端《とたん》それは柔《やわ》らかく変化し、悠里が家で見慣れた顔になった。

勝手に仕事場まで押しかけて怒《おこ》っていたんだろうか。悠里は慌てて鞄《かばん》の中から二階堂の携帯電話を取り出した。

「悠里」

感情のこもった声に名前を呼ばれ、悠里はパッと立ち上がる。

「きゅ、急にきてごめんなさい。あの、これ……」

「わざわざ来てくれたんだな……ありがとう」

二階堂が礼を言うと、ついてきた男の人が大げさに驚いた。

「うわっ、お前が素直《すなお》に礼を言うなんて珍しい」

「……黙れ。勝手についてきたんだ、俺の悠里と一言も話すな」

俺の悠里——何の衒《てら》いもなくそう言い切った二階堂にびっくりしていると、あしらわれた感じの男の人は怒った様子も見せずに楽し気に笑った。女の人にモテそうな、二階堂とはタイプの違《ちが》った格好良い人だ。

「いいじゃないか。お前の大事な子に会ってみたかったんだよ。こんにちは、悠里ちゃん……だっけ。想像とはちょっと違ったけど、可愛《かわい》いね」

「こ、こんにちは」

男として可愛いと言われるのは微妙《びみょう》だ。大好きな二階堂は別だが、初対面の人相手でも自分の幼さが隠《かく》せないことに少し落ち込むが、悠里が俯《うつむ》く前に二階堂が身体《からだ》で彼を遮《さえぎ》った。

「話すなと言っただろう、藤本。悠里、こいつのことはいっさい気にしなくていい」

「え……と」

さすがにそこで頷くこともできず、悠里はここまで来た目的のものを早く渡《わた》すことにした。

「こ、これ」

「気づかなかった。ありがとう、悠里」

「ううん」

二階堂の手が伸《の》び、髪《かみ》をクシャリと撫《な》でてくれる。その優《やさ》しい手つきに思わず笑《え》みを浮《う》かべたが、じっとこちらを見る男の人——藤本の視線に慌てて一歩身体を引いた。

「せっかくここまで来てくれたんだ、近くで何か……」

どうやら二階堂はこのまま悠里を帰すつもりがないらしい。仕事を邪魔《じゃま》したくなくてここまで来たのに、お茶の時間を取ってもらうなんて考えもしていなかった。

断るつもりの悠里が声を掛《か》けようとするのと、外を見ていた二階堂が眼差《まなざ》しを強くしたのはほぼ同時だった。

（……何？）

いったい何を見たのか。つられるように視線をエントランスへと向けた悠里は、ちょうど中へ入ってきた二人連れに気づいた。四十手前くらいに見える落ち着いた雰囲気《ふんいき》の男の人と、五十過ぎたくらいの強面《こわもて》の男の人だ。

その人に見覚えがあるような気がしてじっと見ていた悠里は、こちらを見た相手とバッチリ目が合ってしまった。

「悠里君」

声をはっていないのに、充分響《じゅうぶんひび》く声。その声にロビーにいた人たちの視線が向けられるのがわかる。その人は向きを変えて悠里の方へとやってきたが、スッと前に出てきた二階堂に視界が遮られた。

「悠里君久しぶりだな。私を覚えているか？」

「ぼ、僕、帰るから」

そんな二階堂を藤本同様あっさり無視して話しかけてくる男の人。それまで誰だろうと記憶《きおく》を探《さぐ》っていた悠里は、改めて間近に見て思い出した。

「二階堂の……おじさん？」

「そうだ、二階堂のおじさんだ。大きくなったな」

十年前に数度会った二階堂の父。あれから十年の歳月が流れたが、幾分歳《いくぶんとし》をとった様子はあるものの相変わらずパワフルだ。昔はこの大声とエネルギッシュな存在感が苦手だった悠里だが、今は素直に懐《なつ》かしいと思う。

「こ、こんにちは、お久しぶりです」

「どうだ、時間があるなら少し話を……」

「悠里はこれから大学があるので。そうだな？」

二階堂の父の誘《さそ》いを、二階堂が止めた。悠里に確認《かくにん》してくれるが、どう見たってここは断れと言われているみたいだ。

（た、確かに、気まずいし……）

改めて考えれば、二階堂の父親は付き合っている恋人《こいびと》の父になる。普通《ふつう》の恋人とは言い難《がた》い同性同士の関係を上手《うま》く説明することもごまかすことも無理だと悟《さと》った悠里は、二階堂の言葉に頷いた。

「す、すみません」

「いや、今度ゆっくり話そう。ではな」

二階堂の父親はそう言って案外あっさり引き下がってくれた。頭を下げて見送っていると、二階堂に肩《かた》を抱《だ》き寄せられる。

「か、和人さん？」

「そこまで送る」

有無《うむ》を言わせないような言葉に促《うなが》され、悠里はかろうじて残る藤本に挨拶《あいさつ》した。

「あの、ありがとうございました」

「またね、悠里ちゃん」

「聞かなくていい」

バッサリと切り捨てた二階堂はそのままエントランスを出た。表面上表情は変わらなくても、悠里には二階堂の不機嫌《ふきげん》さがわかる。その理由まではわからないものの、まだ仕事がある二階堂に対して労《いた》わりの言葉を掛けた。

「仕事、頑張《がんば》ってね。一日会議だって聞いたから、今日は帰ってきたらマッサージするよ」

椅子《いす》にずっと座る体勢はきついだろうと思って言ったが、それを聞いた二階堂は微《かす》かに息を吐《は》くと柔らかな口調に戻《もど》った。

「楽しみにしてる」

「うん」

「気をつけて帰れよ」

そう言ってタクシーを拾ってくれようとする二階堂をどうにか押し止《とど》め、悠里は戻っていくその後ろ姿を見つめた。

外で見る二階堂は相変わらず格好良く、いかにもデキる社員といった雰囲気だ。お洒落《しゃれ》で立派なビルにも似合っていたし、周りの視線が好意的だった。

（そっか……和人さんは、ここを継《つ》ぐんだ……）

こんな大きな会社の後継者《こうけいしゃ》として頑張っている二階堂。素直に凄《すご》いと思うし尊敬もするが、今まで話しかしていなかったものが現実に目に入ってくると、目を逸《そ》らしてしまいたい自分たちの格差が浮き彫《ぼ》りになる。

そうでなくても社会人と学生、その上男同士だ。

悠里は弱気になりそうな考えを頭を振《ふ》ってやり過ごす。一緒にいたいとあの手を摑《つか》んだのは自分なのだ。

「……よし」

改めて気合いを入れなおす。すぐに弱気になるものの、これはもう言い聞かせ続けるしかない。

悠里は自分の選択《せんたく》を後悔《こうかい》したくなかった。

二階堂の会社を訪《おとず》れてから、彼はどこかピリピリしていた。かといって、それを悠里にぶつけるようなことはしない。いや、どちらかというと必要以上に過保護になったというか……スキンシップが激しくなった。

ことあるごとに仕掛《しか》けられていたキスも、軽く触《ふ》れ合うものから濃厚《のうこう》なものへと変わり、夜もこれまで悠里のペースに合わせてくれていたものが、もう一歩踏《ふ》み込んだものへと変わってきた。

「……んっ」

いつものように互《たが》いに射精した後、今までは悠里の汚《よご》れたペニスを綺麗《きれい》にしてくれる手が、意味深に尻《しり》の狭間《はざま》を撫で擦《さす》る。濡《ぬ》れた指は苦も無く動き、時折恥《は》ずかしい場所を執拗《しつよう》に刺激《しげき》してきた。

二階堂と恋人同士になり、こうして肌《はだ》を合わせる行為《こうい》をするようになって、悠里はこっそり男同士のセックスがどんなものかを調べた。その結果わかったことは衝撃《しょうげき》的で、自分たちが同じようなことをするのかと想像して羞恥《しゅうち》で眩暈《めまい》がしそうだった。

だが、二階堂が悠里の心や身体のことを考えて、いまだ最後までしないくらい我慢《がまん》してくれていることも同時にわかって、自分はひどく大切にされているのだと思い知った。

そんな優しい二階堂を、日々好きになっていく。今はまだ怖《こわ》いが、いずれは――そう思っていた。

(でも……)

悠里は、いつものように膝枕《ひざまくら》で眠《ねむ》っている二階堂を見下ろす。まだ週半ばだというのに、だいぶん疲《つか》れているみたいだ。

「忙《いそが》しいんだな……」

こればかりは悠里もどうしようもなくて、ただ二階堂の髪《かみ》を優《やさ》しく梳《す》くことしかできない。

本人も疲れている自覚があるのか、今日はいつもより早く帰宅してきた。食事をしてこうして寛《くつろ》いでいてもまだ午後八時にはなっておらず、ひと眠りさせてあげたくて身体《からだ》に掛けるものを取ってこようと、膝にある頭をできるだけ静かに移動した。

風邪《かぜ》をひかないように、厚手の毛布が良いだろうか。

考えながらリビングを出ようとした悠里は、僅《わず》かな音に振り返った。それは携帯電話《けいたいでんわ》のバイブレーションの音だ。

悠里のものは着信音とバイブレーションがセットなので、これは二階堂の携帯のものだろう。彼は極力この家に仕事は持ち込まないと言っていて、携帯電話もわざわざ音を消してくれているのだ。

携帯電話はローテーブルの上に置いているが、敏《さと》いはずの二階堂がまだ起きない。

そこまで疲れている彼にさらに仕事をさせるなんてできなくて、一瞬《いっしゅん》唇《くちびる》を噛《か》み締《し》めた悠里はその携帯電話をダイニングテーブルに移動した。

(就業時間後だもん、電話に出られないってこともある……よね)

眠っていて気づかなかったことにすればいい。

悠里は急いで毛布を持ってくると、ソファで眠る二階堂の身体に掛《か》けた。すると、一度切れたはずの彼の電話が再び震《ふる》える。悠里はドキッとして、じっと携帯電話を見つめた。

電話は再び切れ、それは後一回続いて静かになった。どうやら先方も諦《あきら》めたらしい。

これで二階堂の睡眠《すいみん》時間が確保できたと安堵《あんど》した悠里だったが。

「!」

静寂《せいじゃく》をつき、鳴り響《ひび》いたのは家の電話だ。

二階堂が起きてしまうと、悠里は焦《あせ》って電話に出た。

「はいっ、朝比奈です」

【悠里君?】

「……藤本さん?」

電話の主は二階堂の同僚《どうりょう》の藤本だった。彼と電話で話したのは一週間ほど前のことで、まだ電話越《ご》しの声は覚えていた。

「こ、こんばんは」

【突然《とつぜん》電話して悪いね。二階堂の携帯が繋《つな》がらなくてさ】

藤本の口調は以前と変わらず飄々《ひょうひょう》としていて、どう聞いても至急の用事があるようには思えなかった。これなら二階堂を起こす必要はないはずだ。

「す、すみません、和人さんは、あの、眠って……」

いますと、悠里は最後まで言うことができなかった。

【二階堂、いる？】

「！」

「何だ」

悠里の手に重なった大きなそれに少し持ち上げられたかと思うと、淡々《たんたん》とした二階堂の声が頭上から聞こえてくる。どうやら電話の音で起きてしまったらしい。

「……」

受話器が離《はな》れてしまったせいで聞き取れなくなった藤本の声に何度か頷《うなず》いて返していた二階堂が、

「わかった、すぐ行く」

端的《たんてき》に言って電話を切った。

「か、和人さん」

せっかく眠っていたのに、今から会社に行くつもりなんだろうか。まだ戻っていない眉間《みけん》の皺《しわ》を見上げると、彼は悠里の髪を撫《な》でた。

「今から出てくる。遅《おそ》くなるかもしれないから先に寝《ね》てていい」

「え……」

わざわざ出かけて、しかも遅くなるようなことがあったのか。

端的すぎる二階堂の言葉から多くは読み取れなかったが、すぐに自室に引き返していく足が速いのを見ると、それが緊急《きんきゅう》を要することだったと予想がついた。

最初に、二階堂の携帯のバイブレーションが鳴ってから十分……いや、十五分くらいか、その十五分という時間がどれほどのロスになったんだろう……悠里は想像し、顔が蒼褪《あおざ》めた。

(僕……勝手なことをして……)

二階堂の疲労《ひろう》が心配で、携帯電話が鳴ったことを教えなかった。何度も繰《く》り返すそれを無視して、わざわざ家にかかってきた電話もそのまま切ろうとした。

そこまで考えて、悠里は自分が踏み込んではいけない二階堂の公の部分を思い知った。二階堂には社会人として、いや、あの会社の後継者としての立場があって、それは悠里が安易に判断してはいけないものだ。どんなに疲れた様子でも、ちゃんと二階堂を起こして電話を繋げなければならなかったのだ。

「ど……し……」

どうしよう。

悠里の判断ミスで、二階堂の仕事に大きな問題が起こったとしたら。子供の自分に責任なんかとれない。

茫然《ぼうぜん》とキッチンに立ち尽《つ》くしていると、スーツに着替《きが》えた二階堂がやってきた。悠里の顔を見るなり苦笑《くしょう》した彼は、急ぐはずなのに抱《だ》きしめてくれる。

「気にすることはない。寝ていて気づかなかったのは俺だ」

「でもっ」

「少し寝て楽になった。先に寝ていろ。行ってくる」

軽くキスをし、携帯電話を持った二階堂が足早に玄関《げんかん》に向かう。

見送ろうとその後を追おうとしたが、なぜか悠里の足は動かなかった。

# 第七章

二階堂が帰ってきたのは、深夜二時を過ぎていた。

先に眠っているように言われたものの、眠れるはずがない悠里はソファに座って帰りを待っていた。

帰宅した二階堂は起きて待っていた悠里を予想していたのか、怒《おこ》ったりはせずにまた、抱きしめてくれた。

その時、何があったのか二階堂は簡単に説明してくれた。今取り組んでいるプロジェクトの件で、アメリカ側で部品の納入と品質に問題が出て、その代替《だいたい》を急遽《きゅうきょ》探さねばならなかったらしい。当然、時差があるのでできるだけ早くしなければならなかったらしく、結局二階堂の留学時代の伝《つて》で何とか目処《めど》がついたようだ。

「だから、気にすることはない」

二階堂はそう言って悠里の後ろめたさを払拭《ふっしょく》してくれたが、悠里にとってあの出来事は相当ショックなものだった。

二階堂のことを考えて行動してきたつもりだった。少しでも仕事がしやすく、居心地《いごこち》の好《よ》い家を作ろうとしていたはずが、結局は自分のエゴのため、二階堂に迷惑《めいわく》を掛けてしまった。彼はたいしたことはないと言っていたが、あの場面での十分、十五分はどんなに貴重だったか。

仮に、会社に向かう道中で同じだけ時間が掛かっていたとしても、悠里の気持ちの中にある罪悪感は消えなかった。

「……」

もう何度も同じことを考え、悠里は溜《た》め息をつく。あれから数日経《た》ったのに、まだ心の中の引っ掛かりが消えないのだ。

二階堂の前ではできるだけいつものように心掛《こころが》けてはいるが、一人になるとどうしても自分の未熟さに後悔《こうかい》し続けている。

（このままでいいのかな……）

いずれ、もっと大きく足を引っ張ってしまう出来事が起きないだろうか。

自分自身に自信がない悠里は、何度目になるかわからない溜め息をまたついた。

その時だ。インターホンが鳴った。

ノロノロと立ち上がった悠里は、モニターに映る人影《ひとかげ》に目を瞠《みは》った。それは、ここに来るとは想像もしていなかった人物だった。

「どうして……」

小さく疑問が口から零《こぼ》れるが、いつまでも待たせているわけにはいかない。

悠里は慌《あわ》てて玄関に行って鍵《かぎ》を開けた。

「こ、こんにちは」

「突然悪いな」

やってきたのは、二階堂の父親だ。その背後を、ちょうど高そうな車が走り去っていくのが見えた。

「この辺りを少し回ってもらうことにしている。そんなに時間が掛かる話はするつもりはないが」

「……っ」

その言葉に、悠里は肩《かた》を揺《ゆ》らした。いったい、どんな話をするつもりなんだろうか。先日の自分の失敗があるだけに、悠里は半ば断罪される気分でリビングに案内した。

コーヒーを入れて出すと、すぐに座るよう促《うなが》される。あの強い眼差《まなざ》しを真っ向から浴びるには今の自分に気力はないものの、逃《に》げられないこともわかっているので悠里はおとなしく向かいのソファにちんまりと座った。

しばらくの間悠里の顔を見ていた二階堂の父親は、ゆっくりコーヒーを飲んだ。

「十年ぶりかな……朝比奈によく似ている」

「そ、そうですか？」

外見はともかく、性格は父によく似ていると言われる。二階堂の父親の口調は柔《やわ》らかいので、たぶん褒《ほ》めているつもりだろう。

共通の話題といえば二階堂のことだが、何を話せばいいのだろうか。

昼間、忙《いそが》しいだろう社長がわざわざ訪ねてきた意味を考えながら言葉を出しあぐねていると、二階堂の父親の方から切り出してきた。

「男の二人暮らしは大変だろう？」

「……え？」

「君も大学があるのに、家事やあいつの世話で時間をとられているんじゃないか？」

唐突《とうとつ》な切り出しに戸惑《とまど》うが、彼の話はどんどん進んだ。

「君の生活環境《かんきょう》を守るためだと言われて同居に許可を出したが、あいつと暮らせるのなら寮《りょう》でもやっていけるんじゃないか？　寮なら食事の心配はないし、勉強に集中もできる。私の知り合いのところがちょうど空いているし、紹介《しょうかい》できるんだが」

「寮……」

まさか、今そんな話をされるとは思わなかった。

自分との同居に関しては父親同士、それに二階堂本人の了解《りょうかい》も得て始まったことだ。まだ数ヵ月しか経っていないのに、同居不可の決断をされるとは考えもしていなかった悠里は、ただただ驚《おどろ》いて目の前の、二階堂にはあまり似ていない厳《いか》つい顔を見つめるしかなかった。

「ちょうど、あいつにも見合いの話がある。すぐにまとまるかはわからないが、そろそろ身を固めることを考える歳《とし》だろう？」

タイミングが合ったんだと笑う二階堂の父親を前に、まさか自分が彼と付き合っているなんて言い出せなかった。

現在社長である二階堂の父親が、息子《むすこ》の結婚《けっこん》を心配するのは当然だ。大きな会社を経営しているだけに、後継《あとつ》ぎの問題も避《さ》けては通れないだろう。

（……っ）

悠里は膝《ひざ》の上の手を握《にぎ》りしめる。二階堂のことを考えたら同居解消は受け入れなければならないのに、どうしても頷《うなず》けない。

「場所に希望はあるか？」

「……」

「朝比奈には私の方から連絡《れんらく》する。こちらの都合だし、あいつが安心できるように……」

二階堂の父親が言葉を募《つの》らせるが、悠里の耳には入ってこない。これからどうしたらいいのか、二階堂との関係がどうなってしまうのか。

不安でたまらなくなり、情けなくも目じりに涙《なみだ》が滲《にじ》んだ——その時だ。

「！」

荒々《あらあら》しく玄関の鍵が開く音がしたかと思うと、音を立てて誰《だれ》かが廊下《ろうか》を足早に歩いてくる。

誰かと思う前に、

「何のつもりです」

低い、威嚇《いかく》するような声で言い、二階堂の父親を見据《みす》えるのは二階堂本人だった。

「……和人さん？」

会社にいるはずの二階堂がどうしてここにいるのか。

混乱する悠里の側《そば》に大股《おおまた》に歩いて近づいてきた二階堂は、まるで無事を確かめるかのように頭の先から足元にまで視線を動かす。そして、小さく安堵《あんど》の息をついたかと思うと、今度は向かいに座る自分の父親に冷ややかな視線を向けた。

「どこに行っているかと思えば、子供を脅《おど》しに来たんですか」

「……どうしてここにいるとわかった」

「不本意ですが親子ですからね。最近のあなたの言動と、今朝急に予定を変更《へんこう》したらしいと聞きまして。ああ、秘書課からは漏《も》れていませんが、俺にもそれなりの情報網《じょうほうもう》がありますから」

とても親子とは思えない寒々しい会話に、悠里はどうしたらいいのかと視線を彷徨《さまよ》わせる。

だが、その手はしっかりと二階堂のスーツを掴《つか》んでいた。心細かった反動が無意識に行動に出ているのだ。

「見合いの話については断ったはずです。自分は恋愛《れんあい》結婚のくせに、息子は都合よく政略に使わないでください」

「……いつまでも浮《う》いた話がない息子を心配しただけだ」

「無用ですね」

やはり、見合いの話があったのだ。不安が現実になったが、二階堂はそれを断ったという。きっと悠里のためだろうが、本当にその選択《せんたく》で良いのだろうか。

迷う悠里はそっと二階堂から離《はな》れようとしたが、その前にしっかりとスーツを摑んでいた手が握りしめられた。顔を上げた悠里の目に、二階堂の顔が映る。いつもの綺麗《きれい》な顔は少し強張《こわば》っていて、悠里の目にはまるで泣きそうに見えた。

「自分のパートナーは自分で探します。もちろん、会社はちゃんと継ぐので安心してください」

「和人」

「俺の後継者《こうけいしゃ》もきちんと育てますから」

言い切るその言葉には少し違和感《いわかん》がある。これから結婚し、子供を作るのならば、《跡取《あと》り も作る》と言うんじゃないだろうか。後継者を育てるというのは、まるでもう目星がついている人物を育てていくというように聞こえる。

二階堂の父親も同じような疑問を抱《いだ》いたのか、眉間《みけん》に皺《しわ》を寄せている。悠里に対してはあれでも優《やさ》しい表情だったんだと、この顔を見てわかった。

「和人、お前……」

「もう車が来るころですよ、お帰りください」

「……悠里君、突然《とつぜん》すまなかったな。また今度ゆっくり……」

「来なくて結構ですから」

悠里が答える前に、二階堂がことごとく会話を止めてしまう。

二階堂の父親は黙《だま》って立ち上がり、本当に帰るのか玄関《げんかん》に向かった。悠里にとっては苦手な人だが、父にとっては大切な友人だ。せめてちゃんと見送ろうと後を追ったが、その後ろを当然のように二階堂がついてきた。

「あ、あの、お構いも、しなくて」

「……いや。コーヒー、美味《うま》かった」

そう言った二階堂の父親は、靴《くつ》を履《は》き終えて振《ふ》り返った。

「和人、お前も仕事があるんじゃないか？　一緒《いっしょ》に……」

「今日は半休を取りました。家の事情ですから」

「え……お休み取ったの？」

突然のことに悠里は驚くが、二階堂は当然だと頷く。

「今日の仕事は済ませてきた。何かあれば電話がある」

そんな二階堂の顔を見、今度は悠里の顔を見た二階堂の父親は、どこか思案気な表情になった。何を言われるか悠里は身構えるが、案外あっさりと背を向ける。

「邪魔《じゃま》をした」

「さ、さよなら」

悠里の言葉に軽く手を上げた二階堂の父親は、来た時と同じように唐突に帰って行った。


玄関先に立ち尽《つ》くした悠里は、どうしようかと途方《とほう》に暮れた。

半休を取ったらしい二階堂に彼の父親が来たことへの報告をするとしても、その後……ちゃんと普通《ふつう》にしていられるのか自信がない。

二階堂に見合いの話がきていたこと、それを彼が断っていたこと。今日改めて知った事実を前に、二階堂にとって自分は足手まといではないかと思ってしまった気持ちをごまかし切れる自信はなかった。

悠里の歳ならば、好きか嫌《きら》いかで恋愛はできると思う。でも、二階堂はもう大人で、その上あんなに大きなものを背負っているのだ。好き嫌いで将来を決めることなどできないだろうし、そうなると待っているだろう別れを考えてしまい、もう頭の中がグチャグチャだ。

「……っ」

想像していくうちに俯《うつむ》いてしまった悠里は、気づけば二階堂に抱《だ》きしめられていた。広い胸に抱きしめられると安心して、悠里は知らず深く息をつく。

「……悪かった」

旋毛《つむじ》に、柔《やわ》らかな感触《かんしょく》と共に聞こえてきた言葉。

「……なに？」

二階堂が謝ることなど何もないのに。

「見合いのこと、悠里には関係ないからと詳《くわ》しく話さなかった。親父《おやじ》のことも……暴走する人だとわかっていたのに、この家まで来させた。……怒《おこ》っていいんだぞ？　巻き込むなって」

「……違《ちが》うよ」

関係なくはない。二階堂と付き合っているのは自分で、その彼の将来の大切な話だ。むしろもっと早くから巻き込んでほしかった。

「僕、何もできないけど……」

そうはいっても、もしも見合いの話をきちんとすべて聞かされていたら、きっと今よりも落ち込んだだろうし、顔の見えない相手に嫉妬《しっと》……しただろう。二階堂はそんな悠里の心を守ってくれていたのだ、感謝することはあっても怒るはずがない。

でも。

「……いいのかな……」

このまま、自分のような子供が、何より同じ男同士である自分が、二階堂のような素晴《すば》らしい人の隣《となり》にいていいのだろうか。彼にはもっと相応《ふさわ》しい――。

「お前が良い」

バッサリと、悠里の言葉は寸断された。

「ようやく、手に入れることができたんだ。悠里、俺はお前が良い。お前以外いらないし、きっと……愛せない」

まるで懇願《こんがん》するように紡《つむ》ぎ出される言葉には、初めて感じる二階堂の弱さがあった。どんな時でも冷静で、大人の対応ができる彼に頼《たよ》ってばかりいた悠里は、初めて見せられた彼の弱さに驚《おどろ》く。

「絶対に、放すつもりはない」

「和人さ……」

「俺の、家族になってくれ……悠里」

「か……ぞく……」

懇願の響《ひび》きに、悠里は自分を抱きしめている大きな手が、反対に自分に縋《すが》っているような錯《さっ》覚《かく》に陥《おちい》った。

彼が高校生のころ、本当の兄のように慕《した》い、ほのかな想《おも》いも生まれた。その後十年間も会えないままだったが、彼に繋《つな》がる細い糸を手放さず、抱いていた想いを消すことも、忘れることもなかった。

そして、十年後。再会した二階堂は悠里を好きだと言ってくれ、悠里も同じ思いを返し、互《たが》いの身体《からだ》の温《ぬく》もりも知った。恋人《こいびと》で、そして家族。不思議と、悠里の中で違和感はない。むしろ、家族ならこの手を取っていいのだと、心の中の不安が薄《うす》れた。

「悠里……」

なかなか返事をしないせいで、二階堂は不安になったのか抱きしめてくる腕《うで》の力が強くなる。苦しいのに嬉《うれ》しくて、悠里は半泣きで笑っていた。

「……僕、も」

(和人さんが、好き……)

「和君の、お嫁《よめ》さんに……なりたい」

男の自分が言うには滑稽《こっけい》な言葉だったが、その瞬間《しゅんかん》二階堂は荒々《あらあら》しく唇《くちびる》を重ねてきた。まるで今の言葉を誰《だれ》にもやらないと、強い独占欲《どくせんよく》を感じた。

「愛してる、悠里」

唇が触《ふ》れる距離《きより》で囁《ささや》かれた。綺麗で、今は壮絶《そうぜつ》に艶《つや》っぽい二階堂の熱を孕《はら》んだ眼差《まなざ》しに射貫《いぬ》かれ、悠里は自分の身体に熱が灯《とも》るのがわかる。

「……好き」

即物的《そくぶつ》なのは、自分が男だからかもしれない。でも、隠《かく》せないその反応に気づいて二階堂が破顔したのを見ると、それでもいいかと思えた。

我に返ると今がまだ昼だと気づいたが、一度熱を持った身体はなかなか静まってはくれないらしい。悠里の素直《すなお》な身体の反応と一緒で、二階堂もこのままなしにするつもりはないようで、腕を引かれるようにして彼の部屋に向かった。

「……あ」

朝部屋の掃除《そうじ》をしたので、カーテンが開いたままになっている。外から見える位置ではないが妙《みょう》に恥《は》ずかしくて、悠里は閉めようと歩きかけた。だが、その前に伸《の》びてきた手に腕を摑《つか》まれ、そのまま身体を反転させられる。すぐ近くに、二階堂の綺麗《きれい》な顔があった。

「か、和人さん」

「……」

ただじっと見つめられているだけなのに、身体がじわじわ熱くなってきた気がする。ごまかすように、悠里はわざと声を上げた。

「カ、カーテン、閉めようっ」

「暗くなる」

「で、でも」

「代わりに灯《あか》りをつけてもいいか？」

二階堂の中では、部屋に差し込む陽《ひ》の光か、電気の灯りか、どちらにせよ暗くしてくれる気はないらしい。

悠里にしても、ここまで気持ちが高まっていて、やはり止《や》めようと言うつもりはなかった。ただ、もう少し心の準備を……そう思うのは、悠里がまだ子供だからか。

灯りのことはどうしようもない。外から見えないのならかろうじて我慢《がまん》できると思ったが、今度は間近にある二階堂の香《かお》りが際立《きわだ》った。彼は強くない香りをまとっているが、自分は朝から家事をしてそのままだ。

外に出ていないのでそこまで汚《よご》れていないのかもしれないが、急に汗《あせ》の臭《にお》いが気になった。二階堂と戯《たわむ》れる時は、決まって風呂《ふろ》に入った後だ。思い出すと、このままの身体を晒《さら》すのは恥ずかしいと躊躇《ためら》いが生まれる。

「シャ、シャワー、浴びて……」

「そのままでいい」

「で、でも、汗……」

「悠里の匂《にお》いが好きなんだ。シャワーで流したくない」

「……っ」

(ちょ、えっ)

当然のように言う二階堂の顔は相変わらず綺麗で、言っていることとの相違《そうい》が激しい。

(こ、こんなに、エッチとかっ)

極々《ごくごく》プライベートな匂いのことをそこまで好意的に言われてしまえば、それでもシャワーをとは言い難《にく》かった。

もう、時間の引き延ばしはできそうにない。緊張《きんちょう》で強張《こわば》ってしまった頰《ほお》を、二階堂の大きな手が優《やさ》しく包んだ。

「お前のすべてが欲しいんだ。悠里、許してくれないか」

いっそのこと強引《ごういん》にしてくれたら戸惑《とまど》う間もないのに、二階堂はいつでも悠里の意思を優先してくれる。その優しさがかえって逃《に》げ場をなくしてしまうのだが、恋愛《れんあい》初心者の悠里は気づかない。

見下ろしてくる二階堂が返事を待っているのに、悠里は忙《せわ》しなく視線を動かした後、ようやく覚悟《かくご》を決めて頷《うなず》いた。何のために男同士のセックスの仕方を調べたのだ、エッチなのは二階堂だけじゃない。

「ぼ、僕も、触《さわ》るの……いい？」

いつも翻弄《ほんろう》されるばかりだが、今日は悠里も二階堂に触れたい。上目遣《うわめづか》いにお願いすると、僅《わず》かに目を瞠《みは》った彼が嬉《うれ》し気に頷いてくれた。

ベッドに腰《こし》を下ろした悠里に、二階堂が上から覆《おお》いかぶさるようにキスをしてくる。何度も何度も柔《やわ》らかく触れた唇は、徐々《じょじょ》に顎《あご》から首筋に下りていった。

「ふ……んっ」

頰に触れていない方の手はニットの裾《すそ》から入り込み、Tシャツ越《ご》しにゆっくり胸を撫《な》でられる。直接肌《はだ》に触れていないのに、二階堂の手が熱く感じた。目を閉じているせいかそれはとても鮮明《せんめい》で、悠里はじっとその動きを感覚で追う。

(僕も……触れたい)

自分がすべて二階堂のものになるのと同時に、二階堂だって悠里のものになる。

綺麗な身体に触れるのは今だって緊張するが、互いに気持ち良くなるためには羞恥《しゅうち》だって抑《おさ》えられる。

悠里は目を開いた。すると、じっと自分の顔を見ている二階堂の視線と合ってびっくりした。キスされて、気持ち良くなっている顔を観察されていたのかと思うと別の意味で恥ずかしく、悠里はごまかすように視線を逸《そ》らした。

「……ずるい」

「ん?」

少し笑いを含《ふく》んだ声は余裕《よゆう》があってなんだか悔《くや》しい。

悠里はネクタイを引っ張り、ぶつけるように唇を押し付けた。その瞬間に見た驚いたような二階堂の顔に、少しだけ仕返しができた気分になった悠里だが――煽《あお》られた二階堂の反撃《はんげき》の濃厚《のうこう》さに後悔《こうかい》する羽目になるのはもうすぐだった。

「ぅ……あっ、んっ」

互いの服を互いが脱《ぬ》がし、現れた肌に触れ合った。しなやかな二階堂の身体は見た目も肌触《はだざわ》りも極上で、本当に綺麗な身体だなと何度見ても見惚《みと》れてしまう。ただ、生々しい欲を感じさせるペニスはやっぱり凶悪《きょうあく》で、そこだけは二階堂に見合わない。それでも、そうなるのが自分に対してだけだと思えるのは素直に嬉しかった。

「悠里……」

「あっ、あっ」

仰向《あおむ》けの悠里の腰を持ち上げ、互いのペニスを重ねるようにして、悠里はそこに手を誘導《ゆうどう》された。ぎこちなく扱《しご》き始めると、やがて大きな手が重なって一緒《いっしょ》に扱かれる。耳を塞《ふさ》ぎたくなるほどのいやらしい水音に、指を濡《ぬ》らす粘《ねば》ついた液。感触《かんしょく》もまったく違《ちが》うものを一生懸命《いっしょうけんめい》扱く悠里の手に重なる手が、快感を追い上げるように一際強く動いた。

自分の意思とは違う動きに翻弄され、悠里は呆気《あっけ》なく精を放つ。自身の腹と、二階堂の指とペニスを白く汚してしまったが、二階堂の動きは止まらなかった。

「ま、待って……っ」

イッたばかりの敏感《びんかん》なペニスが、再び頭をもたげてしまう。少しだけ待ってほしいと懇願《こんがん》する言葉は、すぐに重なる唇《くちびる》に吸い込まれ、

「……っつ」

息をのむ気配と同時に、熱いものが手を濡らすのがわかった。

（き……れ……）

真上にある二階堂の快感を耐《た》えた顔は滴《したた》るほどの色気を滲《にじ》ませ、見つめているだけで下半身に熱がこもる。

「……悠里」

「……んっ」

指先がペニスを掠《かす》り、悠里の口からは殺せない喘《あえ》ぎが零《こぼ》れた。見下ろしてくる二階堂の口角が上がり、今度は明確な意思を伴《ともな》って指が動く。指は何度かペニスを扱き、そのまますっと尻《しり》の狭間《はざま》を滑《すべ》った。二人分の精液で濡れてしまっているそこは、ただそれだけの動きに戸惑うほどに感じてしまう。

ふと、その指先が最奥《さいおう》で止まった。自分でも触《ふ》れることがないようなその場所に、二階堂の綺麗な指が触っている。とくんと、大きく心臓が高鳴った。

「……怖《こわ》いか？」

悠里の表情の変化に気づいたのか、二階堂が気づかわし気に問いかけてくる。悠里はゆっくり首を振《ふ》った。

「だ……い、じょ……ぶ」

この先自分が何をされるのか、ちゃんと勉強して知っている。まだ怖いし、どれほどの痛みがあるのか想像するのも眩暈《めまい》がするが、それでも二階堂を受け入れたいと思っているのだ。

「……そうか」

二階堂は止めようとは言わなかった。その分、いっそう指の動きはゆっくりになり、悠里を怖がらせないよう、傷つけないように気をつかってくれているのがわかる。悠里も二階堂の動きに合わせ、できるだけ身体《からだ》から力を抜《ぬ》こうと頑張《がんば》った。

（……入る、かな……）

あんな場所に、二階堂のペニスは入るんだろうか。握《にぎ》っただけでもわかる圧倒《あっとう》的な質量を考えると、絶対に無理じゃないかと不安になった。無理に入れたら裂《さ》けてしまうかも……そう想像したせいか身体に力が入るが、そのたびに与《あた》えられるキスと優しい手に、何度も呼吸を整えて気持ちを落ち着けた。

大好きな二階堂と一つになれるのだ。男同士では絶対に無理だと思っていたことが叶《かな》う。そう思えば多少の痛みくらい我慢《がまん》できる……はずだ。

「ひゃっ」

不意に、冷たいものが下肢《かし》を濡らした。一瞬《いっしゅん》漏らしてしまったのかと焦《あせ》ったが、どうやら違うらしい。それが滴ると同時に尻の蕾《つぼみ》を穿《うが》つ指の動きが滑《なめ》らかになり、一本さえ無理だと思っていたきついそこが指を根元まで受け入れた。

「精液だけじゃ足りないからな。痛くなくなるものだ」

「ふぁっ、あっ」

(そ……か)

調べた時も、男同士のセックスには必需品《ひつじゅ》だというローションの説明があった。自分で買えるかなと想像の段階で止まっていた悠里とは違い、二階堂はちゃんと準備をしてくれていたみたいだ。

慎重《しんちょう》だった指使いも次第《しだい》に大胆《だいたん》になって、今度は身体の中をかき回されるという未知の感覚に翻弄される。痛みよりも強烈《きょうれつ》な圧迫感《あっぱくかん》が強くなって、無意識に身体の中にある指を締《し》め付けてしまうが、その弾《はず》みに内壁《ないへき》がさらに刺激《しげき》されてしまい、悠里は声を抑えられなくなった。

「あっ、んぁっ」

その間も、二階堂の手は悠里の萎《な》えたペニスを扱き、涙《なみだ》が滲むたびにキスが目元に降ってくる。これ以上はもう、神経が持たない。

「い……よっ」

「悠里」

「も、い……からっ」

今、指は何本入っているんだろうか。たとえ数本挿入《そうにゅう》されていたとしても、二階堂のあのペニスの大きさとは比べるべくもない。どうしても痛みがあるのなら、これ以上神経が研《と》ぎ澄《す》まされる前にしてほしかった。

悠里の懇願に、中を探《さぐ》るように動いていた指が止まる。そして、

「んっ」

唐突《とうとつ》にそれは引き抜かれ、急に解放されたその個所《かしょ》があさましく蠢《うごめ》くのが自分でもわかった。

「力を抜け」

「う……んっ」

何度も頷《うなず》き、言われた通りできるだけ深い深呼吸をして身体の力を抜いた。大きく足が割り開かれ、そこにしなやかな腰《こし》が割り込んできて、綻《ほころ》んだ蕾に熱いものが押し当てられる。

「悠里……っ」

「ぅ……あ……っっ」

（い……たい……）

狭《せま》い個所を、無理やり広げられてしまう痛みと、火傷《やけど》するかと思うほどの熱い塊《かたまり》。それが内壁を押し広げるようにゆっくりと悠里の中に侵略《しんりゃく》してくる。溢《あふ》れてしまう涙は生理的なものだと言い訳したいが、眦《まなじり》に落ちる優《やさ》しいキスに応《こた》えられるのは吐《と》息《いき》くらいだ。

（入ってる……っ）

慎重に、ゆっくりと押し入ってくるせいか、驚《おどろ》くほどリアルにその形を感じ取れる。目で見

たものと、身体で感じるものが同一だと頭の中で結びついたのは、

「……は……」

互《たが》いの恥毛《ちもう》が擦《こす》れ合うくらい、下肢がくっついた時だった。

「痛いか？」

尋《たず》ねてくる二階堂の言葉が下肢に響《ひび》く。身体というものが繋《つな》がっているのだと思い知り、悠里はかろうじて答えた。

「だ……じょ、ぶ」

「……こんな時まで我慢しなくていいぞ」

苦笑《くしょう》する二階堂の額には汗《あせ》が滲み、いつもよりずっと生身の人間らしい。セックス自体生々しい行為《こうい》だったっけと考えるとおかしくて笑った悠里は、その動きに微妙《びみょう》に中を刺激されて呻《うめ》いた。

「悠里」

（……本当に、大丈夫《だいじょうぶ》だよ）

痛みは確かに残っているが、それ以上に幸せを感じているから少しも苦しくない。

悠里は震《ふる》える手を伸《の》ばして二階堂の肩《かた》にしがみつく。男の人の肩だと、また笑いが零れた。

「痛かったら、俺の身体を噛《か》んでいい。悠里から与えられるものなら何でも欲しいからな」

こんな時でも悠里への独占欲《どくせんよく》を示してくれる二階堂に、悠里も同じように気持ちを返す。

「僕、も、和君の、痛み……欲し……っ」

あがる息のせいでちゃんと言えなかったが、二階堂にはきちんと気持ちは伝わったらしい。

「……煽《あお》るな、バカ」

ひどく甘い声で詰《なじ》られ、中のものがゆっくり抽送《ちゅうそう》を開始した。

半ばまで引き抜き、押し入る。徐々《じょじょ》に激しくなっていく動きについていけなくて、悠里はしっかり腰を支えてくれる手に身を委《ゆだ》ねた。麻痺《まひ》してしまったのか、痛みはあまり感じなくなってきているものの、その代わり悠里を苛《さいな》むのは熱だ。何度も擦られ、穿つ角度を変えて中を犯《おか》す熱は、確実に悠里の中に快感を植え付けていった。なすがままだった動きも無意識に合わせるように腰が揺《ゆ》れ始め、穿たれるたびに中が貪欲《どんよく》に蠢いてしまう。

「あっ、やっ、やだっ」

硬《かた》い二階堂の腹に擦れる自分のペニスはいつの間にか勃《た》っていて、また精を吐《は》き出していた。まるで漏れているような感覚に下肢に力を入れると、それを強引《ごういん》に割って二階堂が腰を突《つ》き動かした。

自分が自分ではないように感じ、悠里は目の前のものにしがみ付く。これ以上声を上げたくなくて、硬いものに歯を立てた。

「……っつ」

「んあ！」

その瞬間、中のペニスがいっそう大きくなり、悠里は耐《た》え切れず射精してしまう。それでもまだ中のものは我が物顔に悠里を翻弄《ほんろう》し、ますます猛《たけ》っていった。

「か、和くっ」

「悠里っ」

互いの名前を呼び合い、揺れてずれる唇《くちびる》を必死に合わせた。舌を絡《から》めると注ぎ込まれる唾液《だえき》を飲めなくて、唇の端《はし》からゆっくりと溢れていく。

唇も、そして下肢も、これ以上ないほど一つになっている。ようやく、二階堂が自分のものになったのだと嬉《うれ》しくてたまらず、悠里は残る力で目の前の頭を抱《だ》き寄せると、

「僕っ、のっ」

溢れる感情そのままに、自分の所有権を口にした。

「……っつ」

すると、次の瞬間、まるで今までの動きが手加減していたのかと思うほど激しく穿たれ、中をかき回された。もう声も出ない悠里は、ただ必死に目の前の愛《いと》しい人にしがみ付く。

そして、

「……んぁ……っ」

一際《ひときわ》奥を突かれた次の瞬間、最奥《さいおう》に熱い飛沫《ひまつ》が迸る《ほとばし》のを感じた。全部二階堂に染めてもらったことが嬉しくて、悠里は幸せなまま目を閉じた。

＊＊＊

本当に、この生き物はなんだ。

ずいぶん年下なのに、二階堂を抱きしめ、包んでくれた。

「……悠里」

額にくっついた髪《かみ》をかき上げてやったが、深い眠《ねむ》りに落ちている悠里は目覚めない。雄弁《ゆうべん》な眼差《まなざ》しが向けられないのが寂《さび》しくて、二階堂は白い首筋に新たなキスマークを作った。

自分の肩にも、悠里がつけてくれた所有の痕《あと》がある。きっと手加減してくれたのだろう歯型はいずれ消えるだろうが、二階堂の心に刻み込まれた思いは消えることはない。

（まったく、無理をして……）

男が男に抱かれるという本当の意味を、抱く側の二階堂が完全に理解することはできない。それでも、相当な覚悟《かくご》が必要だろうに、まだ大人になり切っていない悠里は全部受け止めてくれた。汚《きたな》い欲をぶつけた二階堂に好きだと言ってくれ、そのすべてを受け止めた。

そればかりか、まるでそれが自分の望みだとでもいうように、独占欲まで見せてくれた。

本人は自分に自信がないというが、悠里はとても強い人間だ。それ以上に優しくて、だからこそ自分だけのものにしたかった。

本当は、もう少し時間をかけるはずだったが、突然《とつぜん》の父親の登場に柄《がら》にもなく焦《あせ》り、悠里のすべてを欲《ほっ》してしまった。予定外だが、これもある種のきっかけだと……そう言えば悠里は怒《おこ》るだろうか。

失敗できない仕事をしながら、仕事にかこつけて企《たくら》まれた見合いを潰《つぶ》していくのは面倒《めんどう》で、つい自棄《やけ》になりそうだったが、悠里を手放すことはまったく考えていない。

仕事に関しては敏《さと》い父親だが、あの堅物《かたぶつ》には男同士の恋愛《れんあい》など理解できないだろう。それならばそれで、この同居を利用したまま周りを固めればいい。もちろん、もう二度と父親の横やりを許すつもりはない。

「……ん」

ふと、悠里が笑った。その拍子《ひょうし》に髪が揺れ、二階堂の好きなタンポポの綿毛のような柔《やわ》らかな髪がシーツに躍《おど》る。

『結婚《けっこん》するとね、いつもニコニコできるんだよ。僕のお父さんとお母さんも、結婚しているからニコニコしてるんだ。ニコニコは、幸せなんだよ。和君は、笑ったらもっとキレイでしょ？　僕、和君にもっとニコニコしてほしいの』

幼いころの、無邪気《むじゃき》な悠里の言葉を思い出す。

あのころはありえない、それでも望みたい未来だと思っていたが、今現実に幸せはこの手の中に下りてきた。

父親と共に朝比奈の両親も説得しなければならないが、何よりも悠里の幸せを願ってくれるあの人たちなら、必ず二人の関係を認めてくれるはずだ。

悠里の一番の懸念《けねん》だろう二階堂の家は、姉の子供に譲《ゆず》るつもりだ。三人いるので、一番資質がある子に託《たく》すつもりだし、万が一皆《みな》に拒否《きょひ》された場合は、有能な人間を養子に迎《むか》えることも選択肢《せんたくし》の一つだ。

(おじさんさえよければ、悠里を俺の籍《せき》に入れたいし……)

「本当に嫁《よめ》になるか？」

囁《ささや》くように言ったが、眠っている悠里の返事はない。それがやっぱり寂しくて、二階堂は目を細めながら、まろやかな頬《ほお》を指でくすぐった。

# エピローグ

「で？」

「……で？」

「その後どうよ」

大谷がニヤニヤしながら聞いてくるが、何のその後か悠里にはわからない。首を傾《かし》げると反対に肩を竦《すく》められ、ムッと口を尖《とが》らせた。

「わけがわからないこと言わないでよ」

悠里は今、今夜の献立《こんだて》を考えるのに一生懸命《いっしょうけんめい》なのだ。

(仕事が上手《うま》くいったお祝いだし、いつもより豪華《ごうか》にしないと！)

二階堂の携《たずさ》わっていたプロジェクトが、ようやく正式に進行することが決定した。営業企画《きかく》部の二階堂が直接携わることは今後減るらしいが、一仕事終わったと安堵《あんど》した様子を見せていた。

ちゃんと最後まで結ばれた後、二階堂は悠里と今まで以上に話をするようになった。

仕事のこととか、家のこととか。もちろん、仕事の機密に関することは言わないし、家族の話は主に母親のことが占《し》めているが、二階堂のことをたくさん知ることができて悠里は大満足だ。

「さっきから何書いてるんだ？」

「大谷がご馳走《ちそう》って思う料理、何？」

「俺？　ん～、肉？」

「参考にならない」

二階堂はちゃんと食べたいものを言ってくれるし、食べると味の感想もある。誉《ほ》め言葉が多いのがちょっと恥《は》ずかしいが、それだけ喜んでくれていると思えば張り切りもする。

「……あ」

ふと机に置いた携帯電話《けいたいでんわ》を見て、悠里は慌《あわ》てて立ち上がった。

「僕、帰るからっ」

「え～……あ、旦那《だんな》？」

「うん」

素直《すなお》に頷《うなず》くと、からかうつもりだったのか大谷の方が何とも言えない顔をする。でも、悠里にとったら二階堂が旦那さまだというのは当たらずといえども遠からずだった。

「じゃあね」

「お〜」

大学を出て、待ち合わせの場所に急いだ。

今日、二階堂は溜《た》まっているらしい有休をとっていて、朝から家事をしてくれている。

「たまには旦那も家事をするものだろ」

当然のように言って、大きなシーツを洗濯《せんたく》しながら大学に行く悠里を見送ってくれた……キス付きで。

夕飯も、本当は悠里が一人で作るつもりだったが、一緒《いっしょ》に作りたいと強請《ねだ》られたのだ。

（……うん、あれはおねだりだよ）

自分の作った物を悠里に食べさせたい、一人で待っている時間が寂しいと、二階堂は悠里を抱《だ》きしめながら言った。そんなつもりはなかったが、家事も一緒にするのは二階堂にとってコミュニケーションの一種みたいだ。

二階堂の料理の腕《うで》がどれほどかはわからないが、きっと上手でも彼は悠里の作った物を美味《おい》しいと食べてくれるはずだ。

「……あ」

その時、携帯のメールが届いた。

「父さんだ」

久しぶりの父からのメールには、

と思う。

【和君と上手くやっているかい？】

短くそう書かれていた。でも、研究馬鹿《ばか》の父がこうして気に掛《か》けてくれるなんて凄《すご》いことだと思う。

両親が悠里と二階堂の本当の関係を知るはずがないし、まだしばらく教えるつもりもない。いずれは、正直に打ち明けたいと言った悠里に、二階堂も頷いて、一緒に叱《しか》られるし、許してもらおうなと言ってくれた。

悠里の両親の問題だけではない。二階堂の方は会社のこともあるし、もっと大変だと思うが――彼は必ず悠里に相談するからと約束してくれた。見合いのことも含《ふく》め、もう隠《かく》し事はしないからと。

その言葉を信じて、頑張《がんば》ろうと思う。平凡《へいぼん》で、平たんな人生にはなりそうにないが、大好きな人と一緒にいられるのならどんなことも乗り越《こ》えられそうだ。

「僕は、元気だよ……和君とも、仲良くしてる……と」

父が読んでくれそうな短い返信を打ち、ほうっと息をついた時、

「悠里」

迎えに来てくれた二階堂に名前を呼ばれた。今日は買い出しなので車だが、彼の側《そば》に停《と》まっているのは国産のファミリーカーだ。

「近場はこれが一番楽だし」

あの外国車以外に乗っている車がファミリーカーなんて、聞いた時は意外過ぎて笑ってしまった。

本来は悠里の手が届かないような人なのに、彼は自分の意思で側にいてくれる。

「迎えに来てくれてありがとう」

だから、悠里は自分も言葉を惜《お》しまないようにしようと思った。

恥ずかしがって、照れてばかりいて、好きだと伝えた時の二階堂の綺麗《きれい》な笑顔《えがお》を見られないのはもったいない。

「和人さん、大好き」

唐突《とうとつ》に告げると、一瞬《いっしゅん》だけ目を瞠《みは》った二階堂が、とても嬉《うれ》しそうな笑みを向けてくれる。

今日はあと何回好きだと伝えようか——そんな楽しい想像をしながら、悠里は開けてくれた助手席に座った。

end

# あとがき

こんにちは、chi－coです。今回は『初恋《はつこい》の人のお嫁《よめ》さんになりました。』を手にとっていただいてありがとうございます。

初恋……いいですね。一般的《いっぱん》には初恋は実らないものだとも言いますが、それが見事に成就《じょうじゅ》するのが物語の世界です。

今回の主人公、悠里《ゆうり》も、幼いころに数年間生活を共にした二階堂《にかいどう》にほのかな想《おも》いを抱《いだ》いています。小さなころは性別関係なく、好き嫌《きら》いを感じたり、口にしたりすることは多いと思いますが、悠里の場合はその想いをしっかり抱《かか》えたまま成長し、成長した時には見事それが恋に変化しました。

素直《すなお》な悠里に絆《ほだ》されない人間はいない！　と、言うより、お相手の二階堂も、昔から悠里がある種特別な存在だったわけで。あ、もちろん、そのころは変な感情は無しに、純粋《じゅんすい》に可愛《かわい》い、守りたいっていう気持ちが、成長した悠里と再会して、一気に親愛が恋愛《れんあい》になったのです。

悠里の初々《ういうい》しい初恋と、二階堂の独占欲《どくせんよく》マックスの愛はレベルが違《ちが》いますけどね。

イラストは、今回も陵《みささぎ》クミコ先生です。

毎度毎度、素敵《すてき》なイラストをありがとうございます。

いつも可愛らしいイラストを描《か》いていただいていますが、私お気に入りの悠里のフワフワな髪《かみ》と、二階堂の美人度を楽しんでいただけると思います。

いつも素敵なイラスト、本当にありがとうございます。

今回の話には大きな事件はありませんが、二人がゆっくり互《たが》いの気持ちを育てていく様子をニヤニヤしながら見守ってください。

サイト名『your songs』
http://chi-co.sakura.ne.jp

KADOKAWA
RUBY BUNKO

初恋《はつこい》の人《ひと》のお嫁《よめ》さんになりました。

chi-co《ちーこ》

角川ルビー文庫　R175-8　21977

2020年1月1日　初版発行

発行者――三坂泰二
発　行――株式会社KADOKAWA
〒102-8177　東京都千代田区富士見2-13-3
電話 0570-002-301（ナビダイヤル）
印刷所――旭印刷　製本所――BBC
装幀者――鈴木洋介



●お問い合わせ
https://www.kadokawa.co.jp/（「お問い合わせ」へお進みください）
※内容によっては、お答えできない場合があります。
※サポートは日本国内のみとさせていただきます。
※Japanese text only

ISBN978-4-04-109072-5　C0193　定価はカバーに表示してあります。